U0113698

书画人生

齐白石艺文选

名家巨匠谈书画

齐白石／著

中国文史出版社
CHINA CULTURAL AND HISTORICAL PRESS

图书在版编目（CIP）数据

书画人生：齐白石艺文选 / 齐白石著 . -- 北京：
中国文史出版社 , 2023.1
（名家巨匠谈书画）
ISBN 978-7-5205-3682-0

Ⅰ . ①书… Ⅱ . ①齐… Ⅲ . ①书画艺术—艺术评论—
中国—文集 Ⅳ . ① I217.2

中国版本图书馆 CIP 数据核字 (2022) 第 168156 号

责任编辑：牛梦岳

出版发行：中国文史出版社

社　　址：北京市海淀区西八里庄路 69 号院　邮编：100142

电　　话：010-81136651　81136602　81136603（发行部）

传　　真：010-81136655

印　　装：廊坊市海涛印刷有限公司

经　　销：全国新华书店

开　　本：787mm×1092mm　1/16

印　　张：16.75

字　　数：201 千字

版　　次：2024 年 1 月第 1 版

印　　次：2024 年 1 月第 1 次印刷

定　　价：58.00 元

齐白石（1864—1957）

《棣楼吹笛图》（石门二十四景图之一）

《藕池观鱼图》（石门二十四景图之二）

《事事平安》（扇面）

《蟋蟀蝴蝶》（扇面）

《葫芦图》

《将进酒》

丙戌春白石年八十六矣

《虾》

《荔枝》

《山居图》

目 录

第一辑　白石老人自述

第二辑　文存选粹

第三辑　白石信札

附录　齐白石年谱

白石老人自述

前　言

　　白石老人是我的世伯，又是我的老师，我和老人交往了将近四十年，一直保持着我们两代世交的深厚感情。他叫我笔录他的口述自传材料，原是预备寄给苏州金松岑丈替他撰著传记用的参考资料。记得1933年的春天，老人到我家来，见到金丈寄给我的信，信内附有一篇替我朋友做的传记体文章。老人把这篇文章读了一遍，佩服得了不得，说是这样的好文章，真可算得千古佳作。我把老人说的话，写信告知金丈，并介绍他们二位缔结了文字交。后来，老人还很高兴地画了一幅《红鹤山庄图》，托我转寄金丈，作为两人订交的纪念，同时他还希望金丈也能给他作一篇传记。从那时起，老人就开始自述他一生的经历，叫我笔录下来，随时寄给金丈。

　　我笔录他的自述材料，大概写到一半时候，卢沟桥事变突起，在戎马仓皇之间，我为了生活，到南方去耽了几年，就把这事给搁下了。已写成的稿子，还留在我处，而抄寄给金丈的，只不过是这一半成稿中的一小部分而已。我旅居南方的几年中，也曾回来过几次，都因匆匆往返，没有时间和老人畅谈，把笔录的事搁置下来。等到1945年我回到北京，老人又跟我谈起这事，希望能继续笔录下去，早早地写完全。岂知这时金丈已经逝世，给他撰著传记的诺言，无法实现，老人觉得很失望，我也替他扫兴。有一天，老人对我说："金公虽已不在，这篇稿子，半途而废有点可惜，我来说，你接着写下去吧！"说得非常恳切，我只得一口担承下来。但我因为职务羁身，不能常常前去。而每次去时，老人总是滔滔不绝，说得很高兴，我就随时笔录。到1948年为止，把前后断断续续所记的，凑合在一起，积稿倒也不少。

那时，老人已届八十六岁高龄，身体渐渐有点衰弱迹象，坐的时间长了，似乎感觉异常劳累，说话也不能太多，多说就显得气促力竭。而我的高血压症，一度又十分严重，遵医之嘱，在家休养，老人那边，足迹遂疏，此稿只得暂时告一段落。

我本想等我病愈之后，趁哪一天老人精神好时，再去听听他的口述，给他多记录点。想不到隔不多久，老人逝世了。回想往日促膝谈心的情景，已是不可再得，叫我怎能不感慨万分呢！老人生前，为了这篇稿子，总是念念不忘，对我提起了不知多少次。而经过许多波折，一再停顿，我心里头着实有些怅惘。因此，我把历年笔录老人口述的草稿，加以整理，编次成篇，算是我对于老人最后尽的一点心意，而我自己，也算了却一桩心愿。可是没有在老人生前，让他能亲眼看到完篇，真是遗憾万分！

我所记的，都是老人亲口所说，为了尽量保留老人的口气，一字一句，我都不敢加以藻饰，只求老人的意思，能够明明白白地传达出来。虽说老年人说话，有时不免重复，这一点，我在初步整理时，已注意到了。尤其老人说话时，关涉到我个人和我先父的事情，我更是力求精简。凡是不必要的，我都删削。这样整理，恐怕缺点还是难免的，希望亲爱的读者同志们多加指教！

另外有两件事，需在此顺便说明一下：（一）老人原配陈夫人，是1862年（同治元年壬戌）生的，比老人大一岁，这自述的材料里说的是对的。而在1940年（庚辰）老人所撰《祭陈夫人》文中所说的："前清同治十三年正月二十一日，乃吾妻于归期也，是时吾妻年方十二。"那是老人记错了，按照旧习惯，那年陈夫人应为十三岁。（二）老人跟他外祖父周雨若公读书，是在1870年（同治九年庚午），是年，老人年八岁，他亲口对我说过不止一遍，而《白石诗草》卷六《过星塘老屋题壁》诗注："余九岁，从村塾于枫林亭"，这是老人作诗注时的笔误。因恐读者根据老人所作的祭文和诗注，对于自传里所记的陈夫人生年和老人上学时的年龄发生怀疑，所以附记于此。

1962年夏，东莞张次溪记于北京

出生时的家庭状况（1863）

穷人家的孩子，能够长大成人，在社会上出头的，真是难若登天。我是穷窝子里长大的，到老总算有了一点微名。回想这一生经历，千言万语，百感交集，从哪里说起呢？先说说我出生时的家庭状况吧！

我们家，穷得很哪！我出生在清朝同治二年（癸亥，1863 年）十一月二十二日，我生肖是属猪的。那时，我祖父、祖母、父亲、母亲都在堂，我是我祖父母的长孙，我父母的长子，我出生后，我们家就五口人了。家里有几间破屋，住倒不用发愁，只是不宽敞罢了。此外只有水田一亩，在大门外晒谷场旁边，叫作"麻子丘"。这一亩田，比别家的一亩要大得多，好年成可以打上五石六石的稻谷，收益真不算少，不过五口人吃这么一点粮食，怎么能够管饱呢？我的祖父同我父亲，只好去找零工活做。我们家乡的零工，是管饭的，做零工活的人吃了主人的饭，一天才挣得二十来个制钱的工资。别看这二十来个制钱为数少，还不是容易挣到手的哩！第一，零工活不是天天有得做。第二，能做零工活的人又挺多。第三，有的人抢着做，情愿减少工资去竞争。第四，凡是出钱雇人做零工活的，都是刻薄鬼，不是好相处的。为了这几种原因，做零工活也就是"一天打鱼，三天晒网"，混不饱一家的肚子。没有法子，只好上山去打点柴，卖几个钱，贴补家用。就这样，一家子对付着活下去了。

我是湖南省湘潭县人。听我祖父说，早先我们祖宗，是从江苏省砀山县搬到湘潭来的，这大概是明朝永乐年间的事，刚搬到湘潭，住在什么地方，可不知道了。只知在清朝乾隆年间，我的高祖添镒公，从晓霞峰的百步营搬到杏子坞的星斗塘，我就是在星斗塘出生的。杏子坞，乡里人叫它杏子树，又名殿子树。星斗塘是早年有块陨星，掉在塘内，所以得了此名，在杏子坞的东头，紫云山的山脚下。紫云山在湘潭县城的南面，离城有一百来里地，风景好得很。离我们家不到十里，有个地方叫烟墩岭，我们的家祠在那里，逢年过节，我们姓齐的人，都去上供祭拜，我在家乡的时候，是常常去的。

我高祖以上的事情，祖父在世时，对我说过一些，那时我年纪还小，又因为时间隔得太久，我现在已记不得了，只知我高祖一辈的坟地，是在星斗塘。现在我要说的，就从我曾祖一辈说起吧！我曾祖潢命公，排行第三，人称命三爷。我的祖宗，一直到我曾祖命三爷，都是务农为业的庄稼汉。在那个年月，穷人是没有出头日子的，庄稼汉世世代代是个庄稼汉，穷也就一直穷下去啦！曾祖母的姓，我不该把她忘了。十多年前，我回到过家乡，问了几个同族的人，他们比我年长的人，已没有了，存着的，辈分年纪都比我小，他们都说，出生得晚，谁都答不上来。像我这样老而糊涂的人，真够岂有此理的了。

我祖父万秉公，号宋交，大排行是第十，人称齐十爷。他是一个性情刚直的人，心里有了点不平之气，就要发泄出来，所以人家都说他是直性子、走阳面的好汉。他经历了太平天国的兴亡盛衰，晚年看着湘勇（即"湘军"）抢了南京的天王府，发财回家，置地买屋，美得了不得。这些杀人的刽子手们，自以为有过汗马功劳，都有戴上红蓝顶子的资格（清制：一二品官戴红顶子，三四品官戴蓝顶子），他们都说"跟着曾中堂（指曾国藩）打过长毛"，自鸣得意。在家乡好像京城里的黄带子一样（清朝皇帝的本家，近支的名曰宗室，腰间系一黄带，俗称黄带子；远房的名曰觉罗，腰间系一红带，俗称红带子。黄带子犯了法，不判死罪，最重的罪名，发交宗人府圈禁，所以他们胡作非为，人均畏而避之），要比普通老百姓高出一头，什么事都得他们占便宜，老百姓要吃一些亏。那时候的官，没有一个不和他们一鼻孔出气的，老百姓得罪了他们，苦头就吃得大了。不论官了私休，他们总是从没理中找出理来，任凭你生着多少张嘴，也搞不过他们的强词夺理来。甚至在风平浪静、各不相扰的时候，他们看见谁家老百姓光景过得去，也想没事找事，弄些油水。

我祖父是个穷光蛋，他们打主意，倒还打不到他的头上去，但他看不惯他们欺压良民，无恶不作，心里总是不服气，愤愤地对人说："长毛并不坏，人都说不好，短毛真厉害，人倒恭维他，天下事还有真是非吗？"他就是这样不怕强暴，肯说实话的。他是嘉庆十三年（戊辰，1808 年）十一月二十二日生的，和我的生日是同一天，他常说："孙儿和我同一天生日，将来长大了，一定忘不了我的。"他活了六十七岁，殁于同治十三年（甲戌，1874 年）的端阳节，那时我十二岁。

我祖母姓马，因为祖父人称齐十爷，人就称她为齐十娘。她是温顺和平、能耐劳苦的人，我小时候，她常常戴着十八圈的大草帽，背了我，到田里去干活。她十岁就没了母亲，跟着她父亲传虎公长大的，娘家的光景，跟我们差不多。道光十一年（辛卯，1831 年）嫁给我祖父，遇到祖父生了气，总是好好地去劝解，人家都称赞她贤惠。

她比我祖父小五岁，是嘉庆十八年（癸酉，1813年）十二月二十三日生的，活了八十九岁，殁于光绪二十七年（辛丑，1901年）十二月十九日，那时我三十九岁。

祖父祖母只生了我父亲一人，有了我这个长孙，疼爱得同宝贝似的，我想起了小时候他们对我的情景，总想到他们坟上去痛哭一场。

我父亲贳政公，号以德，性情可不同我祖父啦！他是一个很怕事、肯吃亏的老实人，人家看他像是"窝囊废"（北京俗语，意谓无用的人），给他取了个外号，叫作"德螺头"。他逢到一肚子委屈有冤没处申的时候，常把眼泪往肚子里咽，不到人前去哼一声的，真是懦弱到了极点了。

我母亲的脾气却正相反，她是一个既能干又刚强的人，只要自己有理，总要把理讲讲明白的。她待人却非常讲究礼貌，又能勤俭持家，所以不但人缘不错，外头的名声也挺好。我父亲要没有一位像我母亲这样的人帮助他，不知被人欺侮到什么程度了。

我父亲是道光十九年（己亥，1839年）十二月二十八日生的，殁于民国十五年（丙寅，1926年）七月初五日，活了八十八岁。我母亲比他小了六岁，是道光二十五年（乙巳，1845年）九月初八日生的，殁于民国十五年三月二十日，活了八十二岁。我一年之内，连遭父母两丧，又因家乡兵乱，道路不通，我住在北京，没有法子回去，说起了好像刀刺在心一样！

提起我的母亲，话可长啦！我母亲姓周，娘家住在周家湾，离我们星斗塘不太远。外祖父叫周雨若，是个教蒙馆的村夫子，家境也是很寒苦的。咸丰十一年（辛酉，1861年）我母亲十七岁那年，跟我父亲结了婚。嫁过来的头一天，我们湘潭乡间的风俗，婆婆要看看儿媳妇的妆奁的，名目叫作"检箱"。因为母亲的娘家穷，没有什么值钱的东西，自己觉得有些寒酸。我祖母也是个穷出身而能撑起硬骨头的人，对她说："好女不着嫁时衣，家道兴旺，全靠自己，不是靠娘家陪嫁东西来过日子的。"我母亲听了很激动，嫁后三天，就下厨房做饭，粗细活儿都干起来了。她待公公婆婆，是很讲规矩的，有了东西，总是先敬翁姑，次及丈夫，最后才轮到自己。

我们家乡，做饭是烧稻草的，我母亲看稻草上面常有没打干净剩下来的谷粒，觉得烧掉可惜，用捣衣的椎，一椎一椎地椎了下来。一天可以得谷一合，一月三升，一年就三斗六升了，积了差不多的数目，就拿去换棉花。又在我们家里的空地上种了些麻，有了棉花和麻，我母亲就春天纺棉，夏天绩麻。我们家里，自从母亲进门，老老小小穿用的衣服，都是用我母亲自织的布做成的，不必再到外边去买布。我母亲织成了布，染好了颜色，缝制成衣服，总也是翁姑在先，丈夫在次，自己在后。嫁后不两年工夫，衣服和布，足足地满了一箱。我祖父祖母是过惯了穷日子的，看见了这么多的东西，喜出望外，高兴得了不得，说："儿媳妇的双手，真是了不起。"她还养了不少的鸡鸭，也养了几口猪，鸡鸭下蛋，猪养大了，卖出去，一年也能挣些个零用钱，贴补家用的不足。我母亲就是这样克勤克俭地过日子，因此家境虽然穷得很，日子倒过得挺和美。

我出生的那年，我祖父五十六岁，祖母五十一岁，父亲二十五岁，母亲十九岁。我出生以后，身体很弱，时常闹病，乡间的大夫，说是不能动荤腥油腻，这样不能吃，那样不能吃，能吃的东西，就很少的了。吃奶的孩子，怎能够自己去吃东西呢？吃的全是母亲的奶，大夫这么一说，就得由我母亲忌口了。可怜她爱子心切，听了大夫的话，不问可靠不可靠，凡是荤腥油腻的东西，一律忌食，恐怕从奶汁里过渡，对我不利。逢年过节，家里多少要买些鱼肉，打打牙祭，我母亲总是看着别人去吃，自己是一点也不沾唇的，忌口真是忌得干干净净。可恨我长大了，作客在外的时候居多，没有能够常依膝下，时奉甘旨，真可以说：罔极之恩，百身莫赎。

依我们齐家宗派的排法，我这一辈，排起来应该是个"纯"字，所以我派名纯芝，祖父祖母和父亲母亲，都叫我阿芝，后来做了木工，主顾们都叫我芝木匠，有的客气些叫我芝师傅，我的号，名叫渭清，祖父给我取的号，叫作兰亭。齐璜的"璜"字，是我的老师给我取的名字。老师又给我取了一个"濒生"的号。齐白石的"白石"二字，是我后来常用的号，这是根据白石山人而来的。离我们家不到一里地，有个驿站，名叫白石铺，我的老师给我取了一个白石山人的别号，人家叫起我来，却把"山人"二字略去，光叫我齐白石，我就自己也叫齐白石了。其他还有木居士、木人、老人、老木一，这都是说明我是木工出身，所谓不忘本而已。杏子坞老民、星塘老屋后人、湘上老农，是纪念我老家所在的地方。齐大，是戏用"齐大非耦"的成语，而我在本支，恰又排行居首。寄园、寄萍、老萍、萍翁、寄萍堂主人、寄幻仙奴，是因为我频年旅寄，同萍飘似的，所以取此自慨。当初取此"萍"字做别号，是从濒生的"濒"字想起的。借山吟馆主者、借山翁，是表示我随遇而安的意思。三百石印富翁，是我收藏了许多石章的自嘲。这一大堆别号，都是我作画或刻印时所用的笔名。

我在中年以后，人家只知我名叫齐璜，号叫白石，连外国人都这样称呼，别的名号，倒并不十分被人注意，尤其齐纯芝这个名字，除了家乡上岁数的老一辈亲友，也许提起了还记得是我，别的人却很少知道的了。

从识字到上学（1864—1870）

　　同治三年（甲子，1864 年），我两岁。四年（乙丑，1865 年），我三岁。这两年，正是我多病的时候，我祖母和我母亲，时常急得昏头晕脑，满处去请大夫。吃药没有钱，好在乡里人都有点认识，就到药铺子里去说好话，求人情，赊了来吃。我们家乡，迷信的风气是浓厚的，到处有神庙，烧香磕头，好像是理所当然。我的祖母和我母亲，为了我，几乎三天两朝到庙里去叩祷，希望我的病早早能治好。可怜她婆媳二人，常常把头磕得咚咚地响，额角红肿突起，像个大柿子似的，回到家来，算是尽了一桩心愿。她俩心里着了急，也就顾不得额角疼痛了。我们乡里，还有一种巫师，嘴里胡言乱语，心里诈欺吓骗，表面上是看香头治病，骨子里是用神鬼来吓唬人。我祖母和我母亲，在急得没有主意的时候，也常常把他们请到家来给我治病。经过请大夫吃药，烧香求神，请巫师变把戏，冤枉钱花了真不算少，我的病，还是好好坏坏地拖了不少日子。

　　后来我慢慢地长大了，能走路说话了，不知怎的，病却渐渐地好了起来，这就乐煞了我祖母和我母亲了。母亲听了大夫的话，怕我的病重发，不吃荤腥油腻，就忌口忌得干干净净。祖母下地干活，又怕我呆在家里，闷得难受，把我背在她背上，形影不离地来回打转。她俩常说："自己身体委屈点，劳累点，都不要紧，只要心里的疙瘩解消了，不担忧，那才是好的哩！"为了我这场病，简直把她俩闹得怕极了。

同治五年（丙寅，1866 年），我四岁了。到了冬天，我的病居然完全好了。这两年我闹的病，有的说是犯了什么煞，有的说是得罪了什么神，有的说是胎里热着了外感，有的说是吃东西不合适，把肚子吃坏了，有的说是吹着了山上的怪风，有的说是出门碰到了邪气，奇奇怪怪地说了好多名目，哪一样名目都没有说出个道理来。所以我那时究竟闹的是什么病，我至今都没有弄清楚，这就难怪我祖母和我母亲，当时听了这些怪话，要胸无主宰，心乱如麻了。然而我到了四岁，病确是好了，这不但我祖母和我母亲，好像心上搬掉了一块石头，就连我祖父和我父亲，也各长长地舒出了一口气，都觉着轻松得多了。

我祖父有了闲工夫，常常抱了我，逗着我玩。他老人家冬天唯一的好衣服，是一件皮板挺硬、毛又掉了一半的黑山羊皮袄，他一辈子的积蓄，也许就是这件皮袄了。他怕我冷，就把皮袄的大襟敞开，把我裹在他胸前。有时我睡着了，他把皮袄紧紧围住，他常说：抱了孩子在怀里暖睡，是他生平第一乐事。他那年已五十九岁了，隆冬三九的天气，确也有些怕冷，常常捡拾些松枝，在炉子里烧火取暖。他抱着我，蹲在炉边烤火，拿着通炉子的铁钳子，在松柴灰堆上，比画着写了个"芝"字，教我认识，说："这是你阿芝的芝字，你记准了笔画，别把它忘了！"实在说起来，我祖父认得的字，至多也不过三百来个，也许里头还有几个是半认得半不认得的。但是这个"芝"字，确是他很有把握认得的，而且写出来也不会写错。这个"芝"字，是我开始识字的头一个。

从此以后，我祖父每隔两三天教我识一个字，识了一个，天天教我温习。他常对我说："识字要记住，还要懂得这个字的意义，用起来会用得恰当，这才算识得这个字了。假使贪多务博，识了转身就忘，意义也不明白，这是骗骗自己，跟没有识一样，怎能算是识字呢？"我小时候，资质还不算太笨，祖父教的字，认一个，识一个，识了以后，也不曾忘记。祖父见我肯用心，称赞我有出息，我祖母和我母亲听到了，也是挺喜欢的。

同治六年（丁卯，1867年），我五岁。七年（戊辰，1868年），我六岁。八年（己巳，1869年），我七岁。这三年，仍由我祖父教我识字。有时我自己拿着松树枝，在地上比画着写起字来，居然也像个样子，有时又画个人脸儿，圆圆的眼珠，胖胖的脸盘，很像隔壁的胖小子，加上了胡子，又像那个开小铺的掌柜了。

我五岁那年，我的二弟出生了，取名纯松，号叫效林。

我六岁那年，黄茅堆子到了一个新上任的巡检（略似区长），不知为什么事，来到了白石铺。黄茅堆子原名黄茅岭，也是个驿站，比白石铺的驿站大得多，离我们家不算太远，白石铺更离得近了。巡检原是知县属下的小官儿，论它的品级，刚刚够得上戴个顶子。这类官，流品最杂，不论张三李四，阿猫阿狗，花上几百两银子，买到了手，居然走马上任，做起"老爷"来了。芝麻绿豆般的起码官儿，又是花钱捐来的，算得了什么东西呢？可是"天高皇帝远"，在外省也能端起了官架子，为所欲为地作威作虐。别看大官儿势力大，作恶多，外表倒是有个谱儿，坏就坏在他的骨子里。唯独这些鸡零狗碎的玩意儿，顶不是好惹的，他虽没有权力杀人，却有权力打人的屁股，因此，他在乡里，很能吓唬人一下。

那年黄茅驿的巡检，也许新上任的缘故，排齐了旗锣伞扇，红黑帽拖着竹板，吆喝着开道，坐了轿子，耀武扬威地在白石铺一带打圈转。乡里人向来很少见过官面的，听说官来了，拖男带女地去看热闹。隔壁的三大娘，来叫我一块走，母亲问我："去不去？"我回说："不去！"母亲对三大娘说："你瞧，这孩子挺别扭，不肯去，你就自己走吧！"我以为母亲说我别扭，一定是很不高兴了，谁知隔壁三大娘走后，却笑着对我说："好孩子，有志气！黄茅堆子哪曾来过好样的官，去看他作甚！我们凭着一双手吃饭，官不官有什么了不起！"我一辈子不喜欢跟官场接近，母亲的话，我是永远记得的。

我从四岁的冬天起，跟我祖父识字，到了七岁那年，祖父认为他自己识得的字，已经全部教完了，再有别的字，他老人家自己也不认得，没法再往下教。的确，我祖父肚子里的学问，已抖得光光净净的了，只好翻来覆去地教我温习已识的字。这三百来个字，我实在都识得滚瓜烂熟的了，连每个字的意义都能讲解得清清楚楚。那年腊月初旬，祖父说："提前放了年学吧！"一面夸奖我识的字，已和他一般多，一面却唉声叹气，好像有什么心事似的。我母亲是个聪明伶俐的人，知道公公的叹气是为了没有力量供给孙子上学读书的缘故，就对我祖父说："儿媳今年椎草椎下来的稻谷，积了四斗，存在隔岭的一个银匠家里，原先打算再积多一些，跟他换副银钗戴的。现在可以把四斗稻谷的钱取回来，买些纸笔书本，预备阿芝上学。阿爷明年要在枫林亭坐个蒙馆，阿芝跟外公读书，束脩是一定免了的。我想，阿芝朝去夜回，这点钱虽不多，也许够他读一年的书。让他多识几个眼门前的字，会记记账，写写字条儿，有了这么一点挂数书的书底子，将来扶犁掌耙，也就算个好的掌作了。"我祖父听了很乐意，就决定我明年去上学了。

　　同治九年（庚午，1870 年），我八岁。外祖父周雨若公，果然在枫林亭附近的王爷殿，设了一所蒙馆。枫林亭在白石铺的北边山坳上，离我们家有三里来地。过了正月十五灯节，母亲给我缝了一件蓝布新大褂，包在黑布旧棉袄外面，衣冠楚楚的，由我祖父领着，到了外祖父的蒙馆。照例先在孔夫子的神牌那里，磕了几个头，再向外祖父面前拜了三拜，说是先拜至圣先师，再拜受业老师，经过这样的隆重大礼，将来才能当上相公。

　　我从那天起，就正式地读起书来，外祖父给我发蒙，当然不收我束脩。每天清早，祖父送我去上学，傍晚又接我回家。别看这三里来地的路程不算太远，走的却尽是些黄泥路，平常日子并不觉得什么，逢到雨季，可难走得很哪！黄泥是挺滑的，满地是泥污，一不小心，就得跌倒下去。祖父总是右手撑着雨伞，左手提着饭箩，一步一拐，仔细地看准了脚步，扶着我走。有时泥塘深了，就把我背了起来，手里还拿着东西，低了头直往前走，往往一走就走了不少的路，累得他气都喘不过来。他老人家已是六十开外的人，真是难为他了。

　　我上学之后，外祖父教我先读了一本《四言杂字》，随后又读了《三字经》《百家姓》，我在家里，本已识得三百来个字了，读起这些书来，一点不觉得费力，就读得烂熟了。在许多同学中间，我算是读得最好的一个。外祖父挺喜欢我，常对我祖父说："这孩子，真不错！"祖父也翘起了花白胡子，张开着嘴，笑嘻嘻地乐了。外祖父又教我读《千家诗》，我一上口，就觉得读起来很顺溜，音调也挺好听，越读越起劲。我们家乡，把只读不写、也不讲解的书，叫作"白口子"书。我在家里识字的时候，知道一些字的意义，进了蒙馆，虽说读的都是白口子书，我用一知半解的见识，琢磨了书里头的意思，大致可以懂得一半。尤其是《千家诗》，因为读着顺口，就津津有味地咀嚼起来，有几首我认为最好的诗，更是常在嘴里哼着，简直成了个小诗迷了。后来我到了二十多岁的时候，读《唐诗三百首》，一读就熟，自己学作几句诗，也一学就会，都是小时候读《千家诗》打好的根基。

那时，读书是拿着书本，拼命地死读，读熟了要背书，背的时候，要顺流而出，嘴里不许打咕嘟。读书之外，写字也算一门功课。外祖父教我写的，是那时通行的描红纸，纸上用木板印好了红色的字，写时依着它的笔姿，一竖一横地描着去写，这是我拿毛笔蘸墨写字的第一次，比用松树枝在地面上划着，有意思得多了。

为了我写字，祖父把他珍藏的一块断墨、一方裂了缝的砚台，郑重地给了我。这是他唯一的"文房四宝"中的两件宝贝，原是预备他自己记账所用，平日轻易不往外露的。他"文房四宝"另一宝——毛笔，因为笔头上的毛快掉光了，所以给我买了一支新笔。描红纸家里没有旧存的，也是买的新的。我的书包里，笔墨纸砚，样样齐全，这门子的高兴，可不用提哪！有了这整套的工具，手边真觉方便。写字原是应做的功课，无须回避，天天在描红纸上，描呀，描呀，描个没完，有时描得也有些腻烦了，私下我就画起画来。

恰巧，住在我隔壁的同学，他婶娘生了个孩子。我们家乡的风俗，新产妇家的房门上，照例挂一幅雷公神像，据说是镇压妖魔鬼怪用的。这种神像，画得笔意很粗糙，是乡里的画匠，用朱笔在黄表纸上画的。我在五岁时，母亲生我二弟，我家房门上也挂过这种画，是早已见过的，觉得很好玩。这一次在邻居家又见到了，越看越有趣，很想模仿着画它几张。我跟同学商量好，放了晚学，取出我的笔墨砚台，对着他们家的房门，在写字本的描红纸上，画了起来。可是画了半天，画得总不太好。雷公的嘴脸，怪模怪样，谁都不知雷公究竟在哪儿，他长得究竟是怎样的相貌，我只依着神像上面的尖嘴薄腮，画来画去，画成了一只鹦鹉似的怪鸟脸了。自己看着，也不满意，改又改不合适。雷公像挂得挺高，取不下来，我想了一个方法，搬了一只高脚木凳，蹬了上去。只因描红纸质地太厚，在同学那边找到了一张包过东西的薄竹纸，覆在画像上面，用笔勾影了出来。画好了一看，这回画得真不错，和原像简直是一般无二，同学叫我另画一张给他，我也照画了。从此我对于画画，感觉到莫大的兴趣。

同学到蒙馆一宣传，别的同学也都来请我画了，我就常常撕了写字本，裁开了，半张纸半张纸地画，最先画的是星斗塘常见到的一位钓鱼老头，画了多少遍，把他面貌身形都画得很像。接着又画了花卉、草木、飞禽、走兽、虫鱼，等等，凡是眼睛里看见过的东西，都把它们画了出来。尤其是牛、马、猪、羊、鸡、鸭、鱼、虾、螃蟹、青蛙、麻雀、喜鹊、蝴蝶、蜻蜓这一类眼前常见的东西，我最爱画，画得也就最多。雷公像那一类从来没人见过真的，我觉得有点靠不住。那年，我母亲生了我三弟，取名纯藻，号叫晓林，我家房门上，又挂了雷公神像，我就不再去画了。我专给同学们画眼前的东西，越画越多，写字本的描红纸，却越撕越少。往往刚换上新的一本，不到几天，又撕完了。

外祖父是熟读朱柏庐《治家格言》的，嘴里常念着："一粥一饭，当思来处不易；半丝半缕，恒念物力维艰。"他看我写字本用得这么多，留心考查，把我画画的事情，查了出来，大不谓然，以为小孩子东涂西抹，是闹着玩的，白费了纸，把写字的正事却耽误了。屡次呵斥我："只顾着玩的，不干正事，你看看！描红纸白费了多少？"蒙馆的学生，都是怕老师的，老师的法宝，是戒尺，常常晃动着吓唬人，真要把他弄急了，也会用戒尺来打人手心的。我平日倒不十分淘气，没有挨过戒尺，只是为了撕写字本，好几次惹得外祖父生了气。幸而他向来是疼我的，我读书又比较用功，他光是嘴里嚷嚷要打，戒尺始终没曾落到我手心上。我的画瘾，已是很深，戒掉是办不到的，只有满处去找包皮纸一类的，偷偷地画，却也不敢像以前那样，尽量去撕写字本了。

到秋天，我正读着《论语》，田里的稻子，快要收割了，乡间的蒙馆和"子曰店"都得放"扮禾学"，这是照例的规矩。我小时候身体不健壮，恰巧又病了几天，那年的年景，不十分好，田里的收成很歉薄。我们家，平常过日子，本已是穷对付，一遇到田里收不多，日子就更不好过，在青黄不接的时候，穷得连粮食都没得吃了，我母亲从早到晚地发愁。等我病好了，母亲对我说："年头儿这么紧，糊住了嘴再说吧！"家里人手不够用，我留在家，帮着做点事，读了不到一年的书，就此停止了。田里有点芋头，母亲叫我去刨，拿回家，用牛粪煨着吃。后来我每逢画着芋头，总会想起当年的情景，曾经题过一首诗：

> 一丘香芋暮秋凉，当得贫家谷一仓。
> 到老莫嫌风味薄，自煨牛粪火炉香。

芋头刨完了，又去掘野菜吃，后来我题画菜诗，也有两句说：

> 充肚者胜半年粮，得志者忽忘其香。

穷人家的苦滋味，只有穷人自己明白，不是豪门贵族能知道的。

从砍柴牧牛到学做木匠（1871—1877）

　　同治十年（辛未，1871 年），我九岁。十一年（壬申，1872 年），我十岁。十二年（癸酉，1873 年），我十一岁。这三年，我在家，帮着挑水、种菜、扫地、打杂，闲着就带着我两个兄弟。最主要的是上山砍柴，砍了柴，自己家里有得烧了，还可以卖了钱，补助家用。我那时，不是一个光会吃饭不会做事的闲汉了，但最喜欢做的，却是砍柴。邻居的孩子们，和我岁数差不多的，一起去上山的有的是，我们就成了很好的朋友。上了山，砍满了一担柴，我们在休息时候，常常集合三个人，做"打柴叉"的玩儿。打柴叉是用砍得的柴，每人取出一捆，一头着地，一头靠在一起，这就算是"叉"了。用柴把远远地轮流掷过去，谁能掷倒了叉，就赢得别人的一捆柴，掷不倒的算是输，也就输掉自己的一捆。三人都掷倒了，或者都没曾掷倒，那是没有输赢。两人掷倒，就平分输的那一捆，每人赢到半捆。最好当然是独自一人赢了，可以得到两捆柴。因为三捆柴并在一起，柴把又不是很重的，掷倒那个柴叉，并不太容易，一捆柴的输赢，总要玩上好大半天。这是穷孩子们不用花钱的娱乐，我小时候也挺高兴玩的。

　　后来我作客在外，有一年回到家乡，路过山上，看见一群砍柴的孩子，里头有几个相识的邻居，他们的上辈，早年和我一起砍过柴，玩过打柴叉的，我禁不住感伤起来，作了三首诗，末一首道：

> 来时歧路遍天涯，独到屋塘认是家。
> 我亦君年无累及，群儿欢跳打柴叉。

这诗我收在《白石诗草》卷一里头，诗后我又注道："余生长于星塘老屋，儿时架柴为叉，相离数武，以柴杷掷击之，叉倒者为赢，可得薪。"大概小时候做的事情，到老总是会回忆的。

我在家里帮着做事，又要上山砍柴，一天到晚，也够忙的，偶或有了闲工夫，我总忘不了读书，把外祖父教过我的几本书，从头至尾，重复地温习。描红纸写完了，祖父给我买了几本黄表纸订成的写字本子，又买了一本木版印的大楷字帖，教我临摹，我每天总要写上一页半页。只是画画，仍是背着人的，写字本上的纸，不敢去撕了，找到了一本祖父记账的旧账簿，把账簿拆开，页数倒是挺多，足够我画一气的。

就这样，一晃，两年多过去了。我十一岁那年，家里因为粮食不够吃，租了人家十几亩田，种上了，人力不够，祖父出的主意，养了一头牛。祖父叫我每天上山，一边牧牛，一边砍柴，顺便捡点粪，还要带着我二弟纯松一块儿去，由我照看，免得他在家碍手碍脚耽误母亲做事。祖母担忧我身体不太好，听了算命瞎子的话，说："水星照命，孩子多灾，防防水星，就能逢凶化吉。"买了一个小铜铃，用红头绳系在我脖子上，对我说："阿芝！带着二弟上山去，好好儿地牧牛砍柴，到晚晌，我在门口等着，听到铃声由远而近，知道你们回来了，煮好了饭，跟你们一块儿吃。"我母亲又取来一块小铜牌，牌上刻着"南无阿弥陀佛"六个字，和铜铃系在一起，说："有了这块牌，山上的豺狼虎豹，妖魔鬼怪，都不敢近身的。"可惜这个铜铃和这块铜牌，在民国初年，家乡兵乱时丢失了。后来我特地另做了一份小型的，系在裤带上，我还刻过一方印章，自称"佩铃人"。又题过一首画牛的诗道：

> 星塘一带杏花风，黄犊出栏西复东。
> 身上铃声慈母意，如今亦作听铃翁。

这都是纪念我祖母和母亲当初待我的一番苦心的。

我每回上山，总是带着书本的，除了看牛和照顾我二弟以外，砍柴捡粪，是应做的事，温习旧读的几本书，也成了日常的功课。有一天，尽顾着读书，忘了砍柴，到天黑回家，柴没砍满一担，粪也捡得很少，吃完晚饭，我又取笔写字。祖母憋不住了，对我说："阿芝！你父亲是我的独生子，没有哥哥弟弟，你母亲生了你，我有了长孙了，真把你看作夜明珠，无价宝似的。以为我们家，从此田里地里，添了个好掌作，你父亲有了个好帮手哪！你小时候多病，我和你母亲，急成个什么样子！求神拜佛，烧香磕头，哪一种辛苦没有受过！现在你能砍柴了，家里等着烧用，你却天天只管写字。俗语说得好：'三日风，四日雨，哪见文章锅里煮？'明天要是没有了米吃，阿芝，你看怎么办呢？难道说，你捧了一本书，或是拿着一支笔，就能饱了肚子吗？唉！可惜你生下来的时候，走错了人家！"

我听了祖母的话，知道她老人家是为了家里贫穷，盼望我多费些力气，多帮助些家用，怕我尽顾着读书写字，把家务耽误了。从此，我上山虽仍带了书去，总把书挂在牛犄角上，等捡足了粪和满满地砍足了一担柴之后，再取下书来读。我在蒙馆的时候，《论语》没有读完，有不认识的字和不明白的地方，常常趁放牛之便，绕道到外祖父那边，去请问他。这样，居然把一部《论语》对付着读完了。

同治十三年（甲戌，1874年）我十二岁。我们家乡的风俗，为了家里做事的人手，男孩子很小就娶亲，把儿媳妇接过门来交拜天地、祖宗、家长，名目叫作"拜堂"。儿媳妇的岁数，总要比自己的孩子略为大些，为的是能够帮着做点事。等到男女双方都长大成人了，再拣选一个"好日子"，合卺同居，名目叫作"圆房"。在已经拜堂还没曾圆房之时，这位先进门的儿媳妇，名目叫作"童养媳"，乡里人也有叫作"养媳妇"的。在女孩子的娘家，因为人口多，家景不好，吃喝穿着，负担不起，又想到女大当嫁，早晚是夫家的人，早些嫁过去，倒省掉一条心，所以也就很小让她过门。不过这都是小门小户人家的穷打算，豪门世族是不多见的。听说，这种风俗，时无分古今，地无分南北，从古如此，遍地皆然，那么，不光是我们湘潭一地所独有的了。

那年正月二十一日，由我祖父祖母和我父亲母亲做主，我也娶了亲啦！我妻娘家姓陈，名叫春君，她是同治元年（壬戌，1862年）十二月二十六日生的，比我大一岁。她是我的同乡，娘家的光景，当然不会好的，从小就在家里操作惯了，嫁到我家当童养媳，帮助我母亲煮饭洗衣，照看小孩，既勤恳，又耐心。有了闲暇，手里不是一把剪子，就是一把铲子，从早到晚，手不休脚不停的，里里外外，跑出跑进，别看她年纪还小，只有十三岁，倒是料理家务的一把好手。祖父祖母和父亲母亲，都夸她能干，非常喜欢她。我也觉得她好得很，心里乐滋滋的。只因那时候不比现在开通，心里的事，不肯露在脸上，万一给人家闲话闲语，说是"疼媳妇"，那就怪难为情的了，所以我和她，常常我看看她，她看看我，嘴里不说，心里明白而已。

我娶了亲，虽说还是小孩子脾气，倒也觉得挺高兴。不料端阳节那天，我祖父故去了，这真是一个晴天霹雳！想起了祖父用炉钳子划着炉灰教我识字，用黑羊皮袄围抱了我在他怀里暖睡，早送晚接地陪我去上学，这一切情景，都在眼前晃漾。心里头的难过，到了极点，几乎把这颗心，在胸膛子里，要往外蹦出来了。越想越伤心，眼睛鼻子，一阵一阵的酸痛，眼泪止不住了，像泉水似的直往下流。足足地哭了三天三宵，什么东西，都没有下肚。祖母原也是一把眼泪、一把鼻涕地天天在哭泣，看见我这个样子，抽抽噎噎的，反而来劝我："别这么哭了！你身体单薄，哭坏了，怎对得起你祖父呢！"父亲母亲也各含着两泡眼泪，对我说："三天不吃东西，怎么能顶得下去？祖父疼你，你是知道的，你这样糟蹋自己身体，祖父也不会心安的。"他们的话，都有理，只是我克制不了自己，仍是哭个不停，后来哭得累极了，才呼呼地睡着。

这是我出生以来第一次遭遇到的不幸之事。当时我们家，东凑西挪，能够张罗得出的钱，仅仅不过六十千文，合那时的银圆价，也就是六十来块钱。没有法子，穷人不敢往好处想，只能尽着这六十千文钱，把我祖父身后的大事，从棺殓到埋葬，总算对付过去了。

光绪元年（乙亥，1875 年），我十三岁。二年（丙子，1876 年），我十四岁。这两年，在我祖父故去之后，经过这回丧事，家里的光景，更显得窘迫异常。田里的事情，只有我父亲一人操作，也显得劳累不堪。母亲常对我说："阿芝呀！我恨不得你们哥儿几个快快长大了，身长七尺，能够帮助你父亲，糊得住一家人的嘴啊！"我们家乡，煮饭是烧柴灶的，我十三岁那年，春夏之交，雨水特多，我不能上山砍柴，家里米又吃完了，只好掘些野菜，用积存的干牛粪煨着吃，柴灶好久没用，雨水灌进灶内，生了许多青蛙。灶内生蛙，可算得一桩奇闻了。我母亲支撑这样一个门庭，实在不是容易的事。

我十四岁那年，母亲又生了我四弟纯培，号叫云林。我妻春君帮着料理家务，侍奉我祖母和我父亲母亲，煮饭、洗衣和照看我弟弟，都由她独自担当起来。我小时候身体很不好，祖父在世之时，我不过砍砍柴，牧牧牛，捡捡粪，在家里打打杂，田里的事，一概没有动手过。此刻父亲对我说："你岁数不小了，学学田里的事吧！"他就教我扶犁。我学了几天，顾得了犁，却顾不了牛，顾着牛，又顾不着犁了，来回地折磨，弄得满身是汗，也没有把犁扶好。父亲又叫我跟着他下田，插秧耘稻，整天地弯着腰，在水田里泡，比扶犁更难受。

有一次，干了一天，够我累的，傍晚时候，我坐在星斗塘岸边洗脚，忽然间，脚上痛得像小钳子乱夹，急快从水里拔起脚来一看，脚趾头上已出了不少的血。父亲说："这是草虾欺侮了我儿啦！"星斗塘里草虾很多，以后我就不敢在塘里洗脚了。

光绪三年（丁丑，1877 年），我十五岁。父亲看我身体弱、力气小，田里的事，实在累不了，就想叫我学一门手艺，预备将来可以糊口养家。但是，究竟学哪一门手艺呢？父亲跟我祖母和我母亲商量过好几次，都没曾决定出一个准主意来。那年年初，有一个乡里人都称他为"齐满木匠"的，是我的本家叔祖，他的名字叫齐仙佑，我的祖母是他的堂嫂，他到我家来，向我祖母拜年。我父亲请他喝酒。在喝酒的时候，父亲跟他说妥，我去拜他为师，跟他学做木匠手艺。隔了几天，拣了个好日子，父亲领我到仙佑叔祖的家里，行了拜师礼，吃了进师酒，我就算他的正式徒弟了。

仙佑叔祖的手艺，是个粗木作，又名大器作，盖房子立木架是本行，粗糙的桌椅床凳和种田用的犁耙之类，也能做得出来。我就天天拿了斧子锯子这些东西，跟着他学。刚过了清明节，逢到人家盖房子，仙佑叔祖带了我去给他们立木架，我力气不够，一根大檩子，我不但扛不动，扶也扶不起，仙佑叔祖说我太不中用了，就把我送回家来。父亲跟他说了许多好话，千恳万托地求他收留，他执意不肯，只得罢了。

我在家里，耽了不到一个月，父亲托了人情，又找到了一位粗木作的木匠，名叫齐长龄，领我去拜师。这位齐师傅，也是我们远房的本家，倒能体恤我，看我力气差得很，就说："你好好地练罢！什么事情都是练出来的，常练练，就能把力气练出来了。"

记得那年秋天，我跟着齐师傅做完工回来，在乡里的田塍上，远远地看见对面过来三个人，肩上有的背了木箱，有的背着很坚实的粗布大口袋，箱里袋里装的，也都是些斧锯钻凿这一类的家伙，一看就知道是木匠，当然是我们的同行了，我并不在意。想不到走到近身，我的齐师傅垂下了双手，侧着身体，站在旁边，满面堆着笑意，问他们好。他们三个人，却倨傲得很，略微地点了一点头，爱理不理地搭讪着："从哪里来？"齐师傅很恭敬地答道："刚给人家做了几件粗糙家具回来。"交谈了不多几句话，他们头也不回地走了。齐师傅等他们走远，才拉着我往前走。我觉得很诧异，问道："我们是木匠，他们也是木匠，师傅为什么要这样恭敬？"齐师傅拉长了脸说："小孩子不懂得规矩！我们是大器作，做的是粗活，他们是小器作，做的是细活。他们能做精致小巧的东西，还会雕花，这种手艺，不是聪明人，一辈子也学不成的，我们大器作的人，怎敢和他们并起并坐呢？"我听了，心里很不服气，我想："他们能学，难道我就学不成！"因此，我就决心要去学小器作了。

从雕花匠到画匠（1878—1889）

　　光绪四年（戊寅，1878 年），我十六岁。祖母因为大器作木匠，非但要用很大力气，有时还要爬高上房，怕我干不了。母亲也顾虑到，万一手艺没曾学成，先弄出了一身的病来。她们跟父亲商量，想叫我换一行别的手艺，照顾我的身体，能够轻松点的才好。我把愿意去学小器作的意思说了出来，他们都认为可以。就由父亲打听得有位雕花木匠，名叫周之美的，要领个徒弟。这是好机会，托人去说，一说就成功了。我辞了齐师傅，到周师傅那边去学手艺。

　　这位周师傅，住在周家洞，离我们家也不太远，那年他三十八岁。他的雕花手艺，在白石铺一带是很出名的，他用平刀法，雕刻人物，尤其是他的绝技。我跟着他学，他肯耐心地教。说也奇怪，我们师徒二人，真是有缘，处得非常之好。我很佩服他的本领，又喜欢这门手艺，学得很有兴味。他说我聪明，肯用心钻研，觉得我这个徒弟比任何人都可爱。他是没有儿子，简直把我当作亲生儿子一样地看待。他又常常对人说："我这个徒弟，学成了手艺，一定是我们这一行的能手，我做了一辈子的工，将来面子上沾着些光彩，就靠在他的身上啦！"人家听了他的话，都说周师傅名下有个有出息的好徒弟，后来我出师后，人家都很看得起，这是我师傅提拔我的一番好意，我一辈子都忘不了他的。

光绪五年（己卯，1879 年），我十七岁。六年（庚辰，1880 年），我十八岁。七年（辛巳，1881 年），我十九岁。照我们小器作的行规，学徒期是三年零一节，我因为在学徒期中，生了一场大病，耽误了不少日子，所以到十九岁的下半年，才满期出师。我生这场大病，是在十七岁那年的秋天，病得非常危险，又吐过几口血，只剩得一口气了。祖母和我父亲，急得没了主意直打转。我母亲恰巧生了我弟纯隽，号叫佑五，正在产期，也急得东西都咽不下口。我妻陈春君，嘴里不好意思说，背地里淌了不少的眼泪。后来请到了一位姓张的大夫，一剂"以寒伏火"的药，吃了下去，立刻就见了效，连服几剂调理的药，病就好了。病好之后，仍到周师傅处学手艺，经过一段较长时间，学会了师傅的平刀法，又琢磨着改进了圆刀法，师傅看我手艺学得很不错，许我出师了。出师是一桩喜事，家里的人都很高兴，祖母跟我父亲母亲商量好，拣了一个好日子，请了几桌客，我和陈春君"圆房"了，从此，我和她才是正式的夫妻。那年我是十九岁，春君是二十岁。

我出师后，仍是跟着周师傅出外做活。雕花工是计件论工的，必须完成了这一件，才能去做那一件。周师傅的好手艺，白石铺附近一百来里的范围内，是没有人不知道的，因此，我的名字，也跟着他，人人都知道了。人家都称我"芝木匠"，当着面，客气些，叫我"芝师傅"。我因家里光景不好，挣到的钱，一个都不敢用掉，完工回了家，就全部交给我母亲。母亲常常笑着说："阿芝能挣钱了，钱虽不多，总比空手好得多。"

那时，我们师徒常去的地方，是陈家垅胡家和竹冲黎家。胡黎两姓，都是有钱的财主人家，他们家里有了婚嫁的事情，男家做床橱，女家做妆奁，件数做得很多，都是由我们师徒去做的。有时师傅不去，就由我一人单独去了。还有我的本家齐伯常的家里，我也是常去的。伯常名叫敦元，是湘潭的一位绅士，我到他家，总在他们稻谷仓前做活，和伯常的儿子公甫相识。论岁数，公甫比我小得多，可是我们很谈得来，成了知己朋友。后来我给他画了一张《秋姜馆填词图》，题了三首诗，其中一首道：

> 稻粱仓外见君小，草莽声中并我衰。
> 放下斧斤作知己，前身应作蠹鱼来。

就是记的这件事。

那时雕花匠所雕的花样，差不多都是千篇一律。祖师传下来的一种花篮形式，更是陈陈相因，人家看得很熟。雕的人物，也无非是些麒麟送子、状元及第等一类东西。我以为这些老一辈的玩意儿，雕来雕去，雕个没完，终究人要看得腻烦的。我就想法换个样子，在花篮上面，加些葡萄、石榴、桃、梅、李、杏等果子，或牡丹、芍药、梅、兰、竹、菊等花木。人物从绣像小说的插图里勾摹出来，都是些历史故事。还搬用平日常画的飞禽走兽，草木虫鱼，加些布景，构成图稿。我运用脑子里所想得到的，造出许多新的花样，雕成之后，果然人都夸奖说好。我高兴极了，益发地大胆创造起来。

那时，我刚出师不久，跟着师傅东跑西转，倒也一天没有闲过。只因年纪还轻，名声不大，挣的钱也就不会太多。家里的光景，比较头两年，略为好些，但因历年积叠的亏空，短时间还弥补不上，仍显得很不宽裕。我妻陈春君一面在家料理家务，一面又在屋边空地，亲手种了许多蔬菜，天天提了木桶，到井边汲水。有时肚子饿得难受，没有东西可吃，就喝点水，算是搪搪饥肠。娘家来人问她："生活得怎样？"她总是说："很好！"不肯露出丝毫穷相。她真是一个挺得起脊梁顾得住面子的人！可是我们家的实情，瞒不过隔壁的邻居们，有一个惯于挑拨是非的邻居女人，曾对春君说过："何必在此吃辛吃苦，凭你这样一个人，还找不到有钱的丈夫！"春君笑着说："有钱的人，会要有夫之妇？我只知命该如此，你也不必为我妄想！"春君就是这样甘熬穷受苦，没有一点怨言的。

光绪八年（壬午，1882年），我二十岁。仍是肩上背了个木箱，箱里装着雕花匠应用的全套工具，跟着师傅，出去做活。在一个主顾家中，无意间见到一部乾隆年间翻刻的《芥子园画谱》，五彩套印，初二三集，可惜中间短了一本。虽是残缺不全，但从第一笔画起，直到画成全幅，逐步指说，非常切合实用。我仔细看了一遍，才觉着我以前画的东西，实在要不得，画人物，不是头大了，就是脚长了，画花草，不是花肥了，就是叶瘦了，较起真来，似乎都有点小毛病，有了这部画谱，好像是捡到了一件宝贝，就想从头学起，临它个几十遍。转念又想：书是别人的，不能久借不还，买新的，湘潭没处买，长沙也许有，价码可不知道，怕有也买不起。只有先借到手，用早年勾影雷公像的方法，先勾影下来，再仔细琢磨。

想准了主意，就向主顾家借了来，跟母亲商量，在我挣来的工资里，匀出些钱，买了点薄竹纸和颜料毛笔，在晚上收工回家的时候，用松油柴火为灯，一幅一幅地勾影。足足画了半年，把一部《芥子园画谱》，除了残缺的一本以外，都勾影完了，订成了十六本。从此，我做雕花木活，就用《芥子园画谱》做根据，花样既推陈出新，不是死板板的老一套，画也合乎规格，没有不相匀称的毛病了。

我雕花得来的工资，贴补家用，还是微薄得很。家里缺米少柴的，时常闹着穷。我母亲为了开门七件事，竟天地愁眉不展。祖母宁可自己饿着肚子，留了东西给我吃。我是个长子，又是出了师学过手艺的人，不另想想办法，实在看不下去。只得在晚上闲暇之时，匀出工夫，凭我一双手，做些小巧玲珑的玩意儿，第二天一清早，送到白石铺街上的杂货店里，许了他们一点利益，托他们替我代卖。我常做的，是一种能装旱烟也能装水烟的烟盒子，用牛角磨得光光的，配着能活动开关的盖子，用起来很方便，买的人倒也不少。大概两三个晚上，我能做成一个，除了给杂货店掌柜二成的经手费以外，每个我还能得到一斗多米的钱。那时，乡里流行的，旱烟吸叶子烟，水烟吸条丝烟。我旱烟水烟都学会吸了，而吸得有了瘾。我卖掉了自己做的牛角烟盒子，吸烟的钱，就有了着落啦，连烧料烟嘴的旱烟管和吸水烟用的铜烟袋，都赚了出来。剩余的钱，给了我母亲，多少济一些急，但是还救不了根本的穷，不过聊胜于无而已。

光绪九年（癸未，1883 年），我二十一岁。那年，春君怀了孕，怀的是头一胎。恰巧家里缺柴烧，我们星斗塘老屋，后面是靠着紫云山，她拿了把厨刀，跑到山上去砍松枝。她这时快要生产了，拖着笨重的身子，上山很费力，就用两手在地上爬着走，总算把柴砍得了，拿回来烧。到了九月，生了个女孩，这是我们的长女，取名菊如，后来嫁给了姓邓的女婿。

我在早先上山砍柴时候，交上一个朋友，名叫左仁满，是白石铺胡家冲的人，离我们家很近。他岁数跟我差不多，我学做木匠那年，他也从师学做篾匠手艺，他出师比我早几个月，现在我们都长大了，他也娶了老婆，有了孩子，我们歇工回来，仍是常常见面，交情倒越交越深。他学成了一手编竹器的好手艺，家庭负担比较轻，生活上比我略微好一些。他是喜欢吹吹弹弹的，能拉胡琴，能吹笛子，能弹琵琶，能打板鼓。还会唱几句花鼓戏，几段小曲儿。我们常在一起玩，他吹弹拉唱，我就画画写字。有时他叫我教他画画，他也教我弹唱。乡里有钱的人，常往城里跑，去找玩儿的，我们是穷孩子出身，闲暇时候，只能做这样不花钱的消遣。我后来喜欢听戏，也会唱几支小曲，都是那时候受了左仁满的影响。

　　光绪十年（甲申，1884年），我二十二岁。十一年（乙酉，1885年），我二十三岁。十二年（丙戌，1886年），我二十四岁。十三年（丁亥，1887年），我二十五岁。十四年（戊子，1888年），我二十六岁。这五年，我仍是做着雕花活为生，有时也还做些烟盒子一类的东西。我自从有了一部自己勾影出来的《芥子园画谱》，翻来覆去地临摹了好几遍，画稿积存了不少。乡里熟识的人知道我会画，常常拿了纸，到我家来请我画。在雕花的主顾家里，雕花活做完以后，也有留着我不放我走，请我画的，凡是请我画的，多少都有点报酬，送钱的也有，送礼物的也有。我画画的名声，跟做雕花活的名声，一样地在白石铺传开了去。人家提到了芝木匠，都说是画得挺不错。

　　我平日常说："说话要说人家听得懂的话，画画要画人家看见过的东西。"我早先画过雷公像，那是小孩子的淘气，闹着玩的，知道了雷公是虚造出来的，就此不画了。但是我画人物，却喜欢画古装，这是《芥子园画谱》里有的，古人确是穿着过这样衣服，看了戏台上唱戏的打扮，我就照它画了出来。

　　我的画在乡里出了点名，来请我画的，大部分是神像功对，每一堂功对，少则四幅，多的有到二十幅的。画的是玉皇、老君、财神、火神、灶君、阎王、龙王、灵官、雷公、电母、雨师、风伯、牛头、马面和四大金刚、哼哈二将之类，这些位神仙圣佛，谁都没见过他们的本来面目。我原是不喜欢画的，因为画成了一幅，他们送我一千来个钱，合银圆块把钱，在那时的价码，不算少了，我为了挣钱吃饭，又却不过乡亲们的面子，只好答应下来，以意为之。有的画成一团和气，有的画成满脸煞气。和气好画，可以采用《芥子园》的笔法。煞气可麻烦了，绝不能都画成雷公似的，只得在熟识的人中间，挑选几位生有异相的人，作为蓝本，画成以后，自己看着，也觉可笑。我在枫林亭上学的时候，有几个同学，生得怪头怪脑的，现在虽说都已长大了，面貌究竟改变不了多少，我就不问他们同意不同意，偷偷地都把他们画上去了。

我在二十六岁那年的正月，我母亲生了我六弟纯楚，号叫宝林。我们家乡，把最小的叫作"满"，纯楚是我最小的兄弟，我就叫他满弟。我母亲一共生了我弟兄六人，又生了我三个妹妹，我们家，连同我祖母，我父亲、母亲和春君，我的长女菊如，老老小小，十四口人了。父亲同我二弟纯松下田耕作，我在外边做工，三弟纯藻在一所道士观里给人家烧煮茶饭，别的弟妹，大一些的，也牧牛的牧牛，砍柴的砍柴，倒是没有一个闲着的。祖母已是七十七岁的人，只能在家里看看孩子，做些轻微的事情。春君整天忙着家务，忙里偷闲，养了一群鸡鸭，又种了许多瓜豆蔬菜，有时还帮着我母亲纺纱织布。她夏天纺纱，总是在葡萄架下阴凉的地方，我有时回家，也喜欢在那里写字画画，听了她纺纱的声音，觉得聒耳可厌。后来我常常远游他乡，老来回忆，想听这种声音，已是不可再得。因此我前几年写过一首诗道：

> 山妻笑我负平生，世乱身衰重远行。
> 年少厌闻难再得，葡萄阴下纺纱声。

我母亲纺纱织布，向来是一刻不闲。尤其使她为难的，是全家的生活重担，都由她双肩挑着，天天移东补西，调排用度，把这点微薄的收入，糊住十四张嗷嗷待哺的嘴，真够她累心累力的。

三弟纯藻，也是为了糊住自己的嘴，多少还想挣些钱来，贴补家用，急于出外做工，他托了一位远房本家，名叫齐铁珊的，荐到一所道士观中，给他们煮饭打杂。齐铁珊是齐伯常的弟弟，我的好朋友齐公甫的叔叔，他那时正同几个朋友，在道士观内读书。我因为三弟的缘故，常到道士观去闲聊，和铁珊谈得很投机。

我画神像功对，铁珊是知道的，每次见了我面，总是先问我："最近又画了多少？画的是什么？"我做雕花活，他倒不十分关心，他好像专门关心我的画。有一次，他对我说："萧芗陔快到我哥哥伯常家里来画像了，我看你何不拜他为师！画人像，总比画神像好一些。"

我也素知这位萧芗陔的大名，只是没有会见过，听了铁珊这么一说，我倒动了心啦。不多几天，萧芗陔果然到了齐伯常家里来了，我画了一幅李铁拐像，送给他看，并托铁珊、公甫叔侄俩，代我去说，愿意拜他为师。居然一说就合，等他完工回去，我就到他家去，正式拜师。这位萧师傅，名叫传鑫，芗陔是他的号，住在朱亭花钿，离我们家有一百来里地，相当的远。他是纸扎匠出身，自己发奋用功，经书读得烂熟，也会作诗，画像是湘潭第一名手，又会画山水人物。他把拿手本领，都教给了我，我得他的益处不少。他又介绍他的朋友文少可和我相识，也是个画像名手，家住在小花石。这位文少可也很热心，他的得意手法，都端给我看，指点得很明白。我对于文少可，也很佩服，只是没有拜他为师。我认识了他们二位，画像这一项，就算有了门径了。

　　那年冬天，我到赖家垅衙里去做雕花活。赖家垅离我们家有四十多里地，路程不算近，晚上就住在主顾家里。赖家垅在佛祖岭的山脚下，那边住的人家，都是姓赖的，衙里是我们家乡的土话，就是聚族而居的意思。我每到晚上，照例要画画的，赖家的灯火，比我家里的松油柴火光亮得多，我就着灯盏画了几幅花鸟，给赖家的人看见了，都说："芝师傅不是光会画神像功对的，花鸟也画得生动得很。"于是就有人来请我给他女人画鞋头上的花样，预备画好了去绣的。又有人说："我们请寿三爷画个帐檐，往往等了一年半载，还没曾画出来，何不把我们的竹布取回来，就请芝师傅画画呢？"我光知道我们杏子坞有个绅士，名叫马迪轩，号叫少开，他的连襟姓胡，人家都称他寿三爷，听说是竹冲韶塘的人，离赖家垅不过两里多地，他们所说的，大概就是此人。我听了他们的话，当时却并未在意。到了年底，雕花活没有做完，留着明年再做，我就辞别了赖家，回家过年。

　　光绪十五年（己丑，1889 年），我二十七岁。过了年，我仍到赖家垅去做活。有一天，我正在雕花，赖家的人来叫我，说："寿三爷来了，要见见你！"我想："这有什么事呢？"但又不能不去。见了寿三爷，我照家乡规矩，叫了他一声"三相公"。寿三爷倒也挺客气，对我说："我是常到你们杏子坞去的，你的邻居马家，是我的亲戚，常说起你：人很聪明，又能用功。只因你常在外边做活，从没有见到过，今天在这里遇上了，我也看到你的画了，很可以造就！"又问我："家里有什么人？读过书没有？"还问我："愿不愿再读读书，学学画？"我一一地回答，最后说："读书学画，我是很愿意，只是家里穷，书也读不起，画也学不起。"寿三爷说："那怕什么？你要有志气，可以一面读书学画，一面靠卖画养家，也能对付得过去。你如愿意的话，等这里的活做完了，就到我家来谈谈！"我看他对我很诚恳，也就答应了。

　　这位寿三爷，名叫胡自倬，号叫沁园，又号汉槎。性情很慷慨，喜欢交朋友，收藏了不少名人字画，他自己能写汉隶，会画工笔花鸟草虫，作诗也作得很清丽。他家附近，有个藕花池，他的书房就取名"藕花吟馆"，时常邀集朋友，在内举行诗会，人家把他比作孔北海，说是"座上客常满，樽中酒不空"。他们韶塘胡姓，原是有名的财主，但是寿三爷这一房，因为他提倡风雅，素广交游，景况并不太富裕，可见他的人品，确是很高的。我在赖家垅完工之后，回家说了情形，就到韶塘胡家。那天正是他们诗会的日子，到的人很多。寿三爷听说我到了，很高兴，当天就留我同诗会的朋友们一起吃午饭，并介绍我见了他家延聘的教读老夫子。这位老夫子，名叫陈作埙，号叫少蕃，是上田冲的人，学问很好，湘潭的名士。吃饭的时候，寿三爷又问我："你如愿意读书的话，就拜陈老夫子的门吧！不过你父母知道不知道？"我说："父母倒也愿意叫我听三相公的话，就是穷……"话还没说完，寿三爷拦住了我，说："我不是跟你说过，你就卖画养家！你的画，可以卖出钱来，别担忧！"我说："只怕我岁数大了，来不及。"寿三爷又说："你是读过《三字经》的！'苏老泉，二十七，始发愤，读书籍。'你今年二十七岁，何不学学苏老泉呢？"陈老夫子也接着说："你如果愿意读书，我不收你的学俸钱。"同席的人都说："读书拜陈老夫子，学画拜寿三爷，拜了这两位老师，还怕不能成名！"我说："三相公栽培我的厚意，我是感激不尽。"寿三爷说："别三相公了！以后就叫我老师吧！"当下，就决定了。吃过了午饭，按照老规矩，先拜了孔夫子，我就拜了胡、陈二位，做我的老师。

　　我拜师之后，就在胡家住下，两位老师商量了一下，给我取了一个名字，单名叫作"璜"，又取了一个号，叫作"濒生"，因为我住家与白石铺相近，又取了个别号，叫作"白石山人"，预备题画所用。少蕃师对我说："你来读书，不比小孩子上蒙馆了，也不是考秀才赶科举的，画画总要会题诗才好，你就去读《唐诗三百首》吧！这部书，雅俗共赏，从浅的说，入门很容易，从深的说，也可以钻研下去。俗话常说，'熟读唐诗三百首，不会吟诗也会吟'，这话不是完全没有道理的。诗的一道，本是易学难工，你能专心用功，一定会有成就。常言道，'有志者，事竟成'。又道，'天下无难事，只怕有心人'，天下的事难不难，就看你有心没心了！"

从那天起，我就读《唐诗三百首》了。我小时候读过《千家诗》，几乎全部都能背出来，读了《唐诗三百首》，上口就好像见到了老朋友，读得很有味。只是我识字不多，有很多生字，不容易记熟，我想起一个笨法子，用同音的字，注在书页下端的后面，温习的时候，一看就认得了。这种法子，我们家乡叫作"白眼字"，初上学的人，常有这么用的。过了两个来月，少蕃师问我："读熟几首了？"我说："差不多都读熟了。"他有些不信，随意抽问了几首，我都一字不遗地背了出来。他说："你的天分，真了不起！"实在说来，是他的教法好，讲了读，读了背，背了写，循序而进，所以读熟一首，就明白一首的意思，这样既不会忘掉，又懂得好处在哪里。《唐诗三百首》读完之后，接着读了《孟子》。少蕃师又叫我在闲暇时，看看《聊斋志异》一类的小说，还时常给我讲讲唐宋八大家的古文。我觉得这样的读书，真是人生最大的乐趣了。

我跟陈少蕃老师读书的同时，又跟胡沁园老师学画，学的是工笔花鸟草虫。沁园师常对我说："石要瘦，树要曲，鸟要活，手要熟。立意、布局、用笔、设色，式式要有法度，处处要合规矩，才能画成一幅好画。"他把珍藏的古今名人字画，叫我仔细观摹。又介绍了一位谭荔生，叫我跟他学画山水，这位谭先生，单名一个"溥"字，别号瓮塘居士，是沁园师的朋友。我常常画了画，拿给沁园师看，他都给我题上了诗。他还对我说："你学学作诗吧！光会画，不会作诗，总是美中不足。"那时正是三月天气，藕花吟馆前面，牡丹盛开。沁园师约集诗会同人，赏花赋诗，他也叫我加入。我放大了胆子，作了一首七绝，交了上去，恐怕作得太不像样，给人笑话，心里有些跳动。沁园师看了，却面带笑容，点着头说："作得还不错！有寄托。"说着，又念道："'莫羡牡丹称富贵，却输梨橘有余甘。'这两句不但意思好，十三谭的甘字韵，也押得很稳。"说得很多诗友都围拢上来，大家看了，都说："濒生是有聪明笔路的，别看他根基差，却有性灵。诗有别才，一点儿不错！"

这一炮，居然放响，是我料想不到的。从此，我摸索得了作诗的诀窍，常常作了，向两位老师请教。当时常在一起的，除了姓胡的几个人，其余都是胡家的亲戚，一共有十几个人，只有我一人，不是胡家的亲故，他们倒都跟我处得很好，他们大部分是财主人家的子弟，至不济的也是小康之家，比我的家景，总要强上十倍，他们并不嫌我出身寒微，一点没有看不起我的意思，后来都成了我的好朋友。

那年七月十一日，春君生了个男孩，这是我们的长子，取名良元，号叫伯邦，又号子贞。我在胡家，读书学画，有吃有住，心境安适得很，眼界也广阔多了。只是想起了家里的光景，决不能像在胡家认识的一般朋友的胸无牵挂。干雕花手艺，本是很费事的，每一件总得雕上好多日子，把身子困住了，别的事就不能再做。画画却不一定有什么限制，可以自由自在地，有闲暇就画，没闲暇就罢，画起来，也比雕花省事得多。就觉得沁园所说的"卖画养家"这句话，确实是既方便，又实惠。

那时照相还没盛行，画像这一行手艺，生意是很好的。画像，我们家乡叫作描容，是描画人的容貌的意思。有钱的人，在生前总要画几幅小照玩玩，死了也要画一幅遗容，留作纪念。我从萧芗陔师傅和文少可那里，学会了这行手艺，还没有给人画过，听说画像的收入，比画别的来得多，就想开始干这一行了。沁园师知道我这个意思，到处给我吹嘘，韶塘附近一带的人，都来请我去画，一开始，生意就很不错。每画一个像，他们送我二两银子，价码不算太少，但是有些爱贪小便宜的人，往往在画像之外，叫我给他们女眷画些帐檐、袖套、鞋样之类，甚至叫我画幅中堂，画堂屏条，算是白饶。好在这些东西，我随便画上几笔，倒也并不十分费事。我们湘潭风俗，新丧之家，妇女们穿的孝衣，都把袖头翻起，画上些花样，算作装饰。这种零碎玩意儿，更是画遗容时必须附带着画的，我也总是照办了。后来我又琢磨出一种精细画法，能够在画像的纱衣里面透现出袍褂上的团龙花纹，人家都说，这是我的一项绝技。人家叫我画细的，送我四两银子，从此就作为定例。我觉得画像挣的钱比雕花多，而且还省事，因此，我就扔掉了斧锯钻凿一类家伙，改了行，专做画匠了。

诗画篆刻渐渐成名（1890—1901）

光绪十六年（庚寅，1890 年），我二十八岁。十七年（辛卯，1891 年），我二十九岁。十八年（壬辰，1892 年），我三十岁。十九年（癸巳，1893 年），我三十一岁。二十年（甲午，1894 年），我三十二岁。这五年，我仍靠着卖画为生，来往于杏子坞韶塘周围一带。在我刚开始画像的时候，家景还是不很宽裕，常常为了灯盏缺油，一家子摸黑上床。有位朋友黎丹，号雨民，是沁园师的外甥，到我家来看我，留他住下，夜无油灯，烧了松枝，和他谈诗。另一位朋友王训，也是沁园师的外甥，号仲言，他的家里有一部白香山《长庆集》，我借了来，白天没有闲暇，只有晚上回了家才能阅读，也因家里没有灯油，烧了松柴，借着柴火的光亮，对付着把它读完。后来我到了七十岁时，想起了这件事，作过一首《往事示儿辈》的诗，说：

村书无角宿缘迟，廿七年华始有师。
灯盏无油何害事，自烧松火读唐诗。

没有读书的环境，偏有读书的嗜好，你说，穷人读一点书，容易不容易？

我三十岁以后，画像画了几年，附近百来里地的范围以内，我差不多跑遍了东西南北。乡里的人，都知道芝木匠改行做了画匠，说我画的画，比雕的花还好。生意越做越多，收入也越来越丰，家里靠我这门手艺，光景就有了转机，母亲紧皱了半辈子的眉毛，到这时才慢慢地放开了。祖母也笑着对我说："阿芝！你倒没有亏负了这支笔，从前我说过，哪见文章锅里煮，现在我看见你的画，却在锅里煮了！"我知道祖母是说的高兴话，就画了几幅画，挂在屋里，又写了一张横幅，题了"甑屋"两个大字，意思是："可以吃得饱啦，不至于像以前锅里空空的了。"

那时我已并不专搞画像，山水人物，花鸟草虫，人家叫我画的很多，送我的钱，也不比画像少。尤其是仕女，几乎三天两朝有人要我画的，我常给他们画些西施、洛神之类。也有人点景要画细致的，像文姬归汉、木兰从军，等等，他们都说我画得很美，开玩笑似的叫我"齐美人"。老实说，我那时画的美人，论笔法，并不十分高明，不过乡人光知道表面好看，家乡又没有比我画得好的人，我就算独步一时了。常言道"蜀中无大将，廖化作先锋"，他们这样抬举我，说起来，真是惭愧得很。但是，也有一批势利鬼，看不起我是木匠出身，画是要我画了，却不要题款。好像是：画是风雅的东西，我是算不得斯文中人，不是斯文人，不配题风雅画。我明白他们的意思，觉得很可笑，本来不愿意跟他们打交道，只是为了挣钱吃饭，也就不去计较这些。他们既不少给我钱，题不题款，我倒并不在意。

我们家乡，向来是没有裱画铺的，只有几个会裱画的人，在四乡各处，来来往往，应活做工，萧芗陔师傅就是其中的一人。我在沁园师家读书的时候，沁园师曾把萧师傅请到家里，一方面叫他裱画，一方面叫大公子仙遹，跟他学做这门手艺。特地匀出了三间大厅，屋内中间，放着一张尺码很长很大的红漆桌子，四壁墙上，钉着平整干净的木板格子，所有轴干、轴头、别子、绫绢、丝绦、宣纸以及排笔、糨糊之类，置备得齐齐备备，应有尽有。沁园师对我说："濒生，你也可以学学！你是一个画家，学会了，装裱自己的东西，就透着方便些。给人家做做活，也可以作为副业谋生。"沁园师处处为我打算，真是无微不至。我也觉得他的话很有道理，就同仙遹跟着萧师傅，从托纸到上轴，一层一层的手续，都学会了。

乡里裱画，全绫挖嵌的很少，讲究的，也不过"绫镶圈""绫镶边"而已，普通的都是纸裱。我反复琢磨，认为不论绫裱纸裱，裱得好坏，关键全在托纸，托得匀整平贴，挂起来，才不会有卷边抽缩、弯腰驼背等毛病。比较难的，是旧画揭裱。揭要揭得原件不伤分毫，裱要裱得清新悦目，遇有残破的地方，更要补得天衣无缝。一般裱画，只会裱新的，不会揭裱旧画，萧师傅是个全才，裱新画是小试其技，揭裱旧画是他的拿手本领。我跟他学了不少日子，把揭裱旧画的手艺也学会了。

我三十二岁那年，二月二十一日，春君又生了个男孩，这是我们的次子，取名良黼，号叫子仁。我自从在沁园师家读书以后，由于沁园师的吹嘘，朋友们的介绍，认识的人，渐渐地多了。住在长塘的黎松安，名培銮，又名德恂，是黎雨民的本家。那年春天，松安请我去画他父亲的遗像，他父亲是上年故去的。王仲言在他们家教家馆，彼此都是熟人，我就在松安家住了好多时候。长塘在罗山的山脚下，杉溪的后面，溪水从白竹坳来，风景很幽美。那时，松安的祖父还在世，他老先生是会画几笔山水的，也收藏了些名人字画，都拿了出来给我看，我就临摹了几幅。朋友们知道我和王仲言都在黎松安家，他们常来相叙，仲言发起组织了一个诗会，约定集会地点，在白泉棠花村罗真吾、醒吾弟兄家里。真吾名天用，他的弟弟醒吾，名天觉，是沁园师的侄婿，我们时常在一起，都是很相好的。

讲实在的话，他们的书底子，都比我强得多，作诗的功夫，也比我深得多。不过那时是科举时代，他们多少有点弋取功名的心理，试场里用得着的是试帖诗，他们为了应试起见，都对试帖诗有相当研究，而且都曾下了苦功揣摩过的。试帖诗虽是工稳妥帖，又要圆转得体，作起来确是不容易，但过于拘泥板滞，一点儿不见生气。我是反对死板板无生气的东西的，作诗讲究性灵，不愿意像小脚女人似的扭捏作态。因此，各有所长，也就各做一派。他们能用典故，讲究声律，这是我比不上的，若说作些陶写性情、歌咏自然的句子，他们也不一定比我好了。

我们的诗会，起初本是四五个人，随时集在一起，谈诗论文，兼及字画篆刻，音乐歌唱，倒也兴趣很浓，只是没有一定日期，也没有一定规程。到了夏天，经过大家讨论，正式组成了一个诗社，借了五龙山的大杰寺内几间房子，作为社址，就取名为龙山诗社。五龙山在中路铺白泉的北边，离罗真吾、醒吾弟兄所住的棠花村很近。大杰寺是明朝就有的，里边有很多银杏树，地方清静幽雅，是最适宜避暑的地方。诗社的主干，除了我和王仲言，罗真吾、醒吾弟兄，还有陈茯根、谭子荃、胡立三，一共是七个人，人家称我们为龙山七子。陈茯根名节，板桥人，谭子荃是罗真吾的内兄，胡立三是沁园师的侄子，都是常常见面的好朋友。他们推举我做社长，我怎么敢当呢？他们是世家子弟，学问又比我强，叫我去当头儿，好像是存心跟我开玩笑，我是坚辞不干。王仲言对我说："濒生，你固执了！我们是论齿，七人中，年纪是你最大，你不当，是谁当了好呢？我们都是熟人，社长不过应个名而已，你还客气什么？"他们都附和王仲言的话，说我客气得无此必要。我没法推辞，只得应允了。

社外的诗友，却也很多，常常来的，有黎松安、黎薇荪、黎雨民、黄伯魁、胡石庵、吴刚存诸人，也都是我们向来极相熟的。只有一个名叫张登寿，号叫仲飏的，是我新认识的。这位张仲飏，出身跟我一样寒微，年轻时学过铁匠，也因自己发愤用功，读书读得很有一点成就，拜了我们湘潭的大名士王湘绮先生做老师，经学根底很深，诗也作得非常工稳。乡里的一批势利鬼，背地里仍有叫他张铁匠的。这和他们在我改行以后，依旧叫我芝木匠，是一样轻视的意思。我跟他，都是学过手艺的人，一见面就很亲热，交成了知己朋友。

光绪二十一年（乙未，1895 年），我三十三岁。黎松安家里，也组成了一个诗社。松安住在长塘，对面一里来地有座罗山，俗称罗网山，因此，取名为"罗山诗社"。我们龙山诗社的主干七人，和其他社外诗友，也都加入，时常去作诗应课。两山相隔，有五十来里地，我们跑来跑去，并不嫌着路远。那年，我们家乡遭逢了很严重的旱灾，田里的庄稼都枯焦得不成样子，秋收是没有把握的了，乡里的饥民，就一群一群地到有钱人家去吃饭。我们家乡的富裕人家，家里都有谷仓，存着许多稻谷，年年吃掉了旧的，再存新的，永远是满满的仓，这是古人所说积谷防饥的意思。可是富裕人家，究属是少数，大多数的人们，平日糊得上嘴，已不容易，哪有力量积存稻谷，逢到灾荒，就没有饭吃，为了活命，只有去吃富户的一法。他们去的时候，排着队伍，鱼贯而进，倒也很守秩序，不是乱抢乱撞的。到了富户家里，自己动手开仓取谷，打米煮饭，但也不是把富户的存谷完全吃光，吃了几顿饱饭，又往别的地方，换个人家去吃。乡里人称他们为"吃排饭"。但是他们一群去了，另一群又来，川流不息地来来去去，富户存的稻谷，归根结底，虽没吃光，也就吃得所剩无几了。我们这些诗友，恰巧此时陆续地来到黎松安家，奉是为了罗山诗社来的，附近的人，不知底细，却造了许多谣言，说是长塘黎家存谷太多，连一批破靴党（意指不安本分的读书人）都来吃排饭了。

那时，龙山诗社从五龙山的大杰寺内迁出，迁到南泉冲黎雨民的家里。我往来于龙山、罗山两诗社，他们都十分欢迎。其间另有一个原因。原因是什么呢？他们要我造花笺。我们家乡，是买不到花笺的，花笺是家乡土话，就是写诗的诗笺。两个诗社的社友，都是少年爱漂亮，认为作成了诗，写的是白纸，或是普通的信笺，没有写在花笺上，觉得是一件憾事，有了我这个能画的人，他们就跟我商量了。我当然是义不容辞，立刻就动手去做，用单宣和官堆一类的纸，裁八行信笺大小，在晚上灯光之下，一张一张地画上几笔，有山水，也有花鸟，也有草虫，也有鱼虾之类，着上了淡淡的颜色，倒也雅致得很。我一晚上能够画出几十张，一个月只要画上几个晚上，分给社友们写用，就足够的了。王仲言常常对社友说："这些花笺，是濒生辛辛苦苦造成的，我们写诗的时候，一定要仔细地用，不要写错。随便糟蹋了，非但是怪可惜的，也对不起濒生熬夜的辛苦！"

说起这花笺，另有一段故事：在前几年，我自知文理还不甚通顺，不敢和朋友们通信，黎雨民要我跟他书信往来，特意送了我一些信笺，逼着我给他写信，我就从此开始写起信来，这确是算得我生平的一个纪念。不过雨民送我的，是写信用的信笺，不是写诗用的花笺。为了谈起造花笺的事，我就想起黎雨民送我信笺的事来了。

光绪二十二年（丙申，1896 年），我三十四岁。我起初写字，学的是馆阁体，到了韶塘胡家读书以后，看了沁园、少蕃两位老师，写的都是道光年间我们湖南道州何绍基一体的字，我也跟着他们学了。

又因诗友们，有几位会写钟鼎篆隶，兼会刻印章的，我想学刻印章，必须先会写字，因之，我在闲暇时候，也常常写些钟鼎篆隶了。前二年，我给人家画像，遇上了一个从长沙来的人，号称篆刻名家，求他刻印的人很多，我也拿了一方寿山石，请他给我刻个名章。隔了几天，我去问他刻好了没有，他把石头还了给我，说："磨磨平，再拿来刻！"我看这块寿山石，光滑平整，并没有什么该磨的地方，既是他这么说，我只好磨了再拿去。他看也没看，随手搁在一边。又过了几天，再去问他，仍旧把石头扔还给我，说："没有平，拿回去再磨磨！"我看他倨傲得厉害，好像看不起我这块寿山石，也许连我这个人，也不在他的眼中。我想：何必为了一方印章，自讨没趣。我气愤之下，把石头拿回来，当夜用修脚刀，自己把它刻了。第二天一早，给那家主人看见，很夸奖地说："比了这位长沙来的客人刻的，大有雅俗之分。"我虽觉得高兴，但也自知，我何尝懂得篆法刀法呢！我那时刻印，还是一个门外汉，不敢在人前卖弄。朋友中间，王仲言、黎松安、黎薇荪等，却都喜欢刻印，拉我在一起，教我一些初步的方法，我参用了雕花的手艺，顺着笔画，一刀一刀地削去，简直是跟了他们闹着玩儿。

沁园师的本家胡辅臣，竹冲的一位绅士，是我朋友胡石庵的父亲，介绍我到皋山黎桂坞家去画像。胡黎两家，是世代姻亲，他们两家的人，我本也认识几位。皋山黎家，是清朝黎文肃公培敬的后人，黎培敬号叫简堂，是咸丰年的进士，做过贵州的学台、藩台，光绪初年，做过江苏抚台，死了没有多年。他家和长塘黎松安家是同族，我朋友黎雨民，就是文肃公的长孙，黎薇荪是文肃公的第三子，黎戬斋是薇荪之子，这三位我是熟识的。黎桂坞是文肃公的次子，薇荪的哥哥，我却是初次会见。还认识了文肃公的第四子铁安，是桂坞、薇苏的弟弟，雨民的叔叔。铁安不常刻印，但写的小篆功力非常精深，我慕名已久，此次见面，我就向他请教："我总刻不好，有什么办法呢？"铁安笑着说："南泉冲的楚石，有的是！你挑一担回家去，随刻随磨，你要刻满三四个点心盒，都成了石浆，那就刻得好了。"这虽是一句玩笑话，却也很有至理。从前少蕃师对我说的"天下无难事，只怕有心人"，就是这个意思。我于是打定主意，发愤学刻印章，从多磨多刻这句话上着想，去下功夫了。

黎松安是我最早的印友，我常到他家去，跟他切磋，一去就在他家住上几天。我刻着印章，刻了再磨，磨了又刻，弄得我住的他家客室，四面八方，满都是泥浆。移东移西，无处插脚，几乎一屋子都变成了池底。松安很鼓励我，他还送给我丁龙泓、黄小松两家刻印的拓片，我很想学他们两人的刀法，只因拓片不多，还摸不到门径。那时，青田、寿山等石章，在我们家乡，不十分容易买到，价格也不便宜，像鸡血、田黄等等，更是贵重得了不得。我在一处人家画像，无意间买到了那家旧存的几块印章，都是些青田、寿山石的，松安知道了，冒着大风雨，到我家，说是分我的石章来的，他真可以算是一个印迷了。我作过《忆罗山往事》的诗，说：

> 石潭旧事等心孩，磨石书堂水亦灾。
>
> 风雨一天拖两屐，伞扶飞到赤泥来。

石潭、赤泥都是地名。石潭离罗山不过一里来地，在杉溪的下游。赤泥冲离罗山西北，也只有一里来地。这两处，都是离松安家很近。那年秋天，我们几个人，都在杉溪附近散步，溪上有一独木桥，桥身很窄，人都不敢在上面走，松安取出一块青田石章，说："谁能倒退走过此桥，我把这块石章奉送。"我说："我来试试。"我真的倒退走过了桥，又倒退走了回来，松安也真的把石章送了给我。我后来有过一首诗，送给松安，说：

　　　　　三十年前溪上路，与君颜色未曾凋。
　　　　　丹枫乱落黄花瘦，人影水光独木桥。

就是指的这回事。当时我和松安的兴致，都是很高的。松安比我小八岁，天资比我高得多，刻的印章也比我好得多，他是模仿邓石如的，功夫很深。他中年以后，因为刻印易伤眼力，不愿再刻，所以他的本领，没有大显于世，这是很可惜的。我记得：我初次正式刻成的一方闲章，刻的是三个字"金石癖"，就是在松安家里刻的，留在他家做纪念，听说保存了好几十年，直到抗日战争胜利的前一年，在兵乱中失去了。

　　光绪二十三年（丁酉，1897 年），我三十五岁。二十四年（戊戌，1898 年），我三十六岁。我在三十五岁以前，始终没曾离开家乡，足迹所到之处，只限于杏子坞附近百里之内，连湘潭县城都没去过。直到三十五岁那年，才由朋友介绍，到县城里去给人家画像。城里的人，看我画得不错，把我的姓名传开了去，请我画像的人渐多，我就常常地进城去了。祖母看我城乡奔波，在家闲着的时候很少，笑着对我说："你小时候，算命先生说你长大了，一定要离别故乡，看来，这句话倒要应验了。"我在湘潭城内，认识了郭葆生，名叫人漳，是个道台班子（有了道台资格还未补到实缺的人）的大少爷。又认识了一位桂阳州的名士夏寿田，号叫午诒，也是一位贵公子。

　　回家后，仍和一班老朋友们住一起，作诗刻印章。黎松安知道我小时候多病，又曾吐过血，此刻见我跑东跑西，很够忙的，屡次劝我戒除吸水烟的习惯。说："吸烟对于身体，大有妨害，尤其你这个早年吐过血的人，更要小心！"我敷衍他的面子，口头上是答应不吸了，背了他还是照样吸。有一天，给他发觉了，他气恼到了极点，绷起脸，大声地说了我一顿，又逼着我到孔夫子的神牌面前，叫我行礼宣誓。朋友这样地爱惜我，真是出于一番诚意，我怎能辜负了他呢？从此我把吸水烟的习惯完全戒掉了。

这时松安家新造了一所书楼，名叫诵芬楼，罗山诗社的诗友们，就在那里集会。我们龙山诗社的人，也常去参加。次年，我三十六岁，春君生了个女孩，小名叫作阿梅。黎薇荪的儿子戬斋，交给我丁龙泓、黄小松两家的印谱，说是他父亲从四川寄回来送给我的。薇荪是甲午科的翰林，外放在四川做官，他们父子俩跟我都是十分相好的。前年，黎松安给过我丁、黄刻印的拓片，现在薇荪又送我丁、黄印谱。我对于丁、黄两家精密的刀法，就有了途轨可循了。

光绪二十五年（己亥，1899 年），我三十七岁。正月，张仲飏介绍我去拜见王湘绮先生，我拿了我作的诗文，写的字，画的画，刻的印章，请他评阅。湘公说："你画的画，刻的印章，又是一个寄禅黄先生啊！"湘公说的寄禅，是我们湘潭有名的一个和尚，俗家姓黄，原名读山，是宋朝黄山谷的后裔，出家后，法名敬安，寄禅是他的法号，他又自号为八指头陀。他也是少年寒苦，自己发愤成名，湘公把他来比我，真是抬举我了。

那时湘公的名声很大，一般趋势好名的人，都想列入门墙，递上一个门生帖子，就算作王门弟子，在人前卖弄卖弄，觉得很有光彩了。张仲飏屡次劝我拜湘公的门，我怕人家说我标榜，迟迟没有答应。湘公见我这人很奇怪，说高傲不像高傲，说趋附又不肯趋附，简直莫名其所以然。曾对吴劭之说："各人有各人的脾气，我们门下有铜匠衡阳人曾招吉，铁匠我同县乌石寨人张仲飏，还有一个同县的木匠，也是非常好学的，却始终不肯做我的门生。"这话给张仲飏听到了，特来告诉我，并说："王老师这样地看重你，还不去拜门？人家求都求不到，你难道是抬也抬不来吗？"我本也感激湘公的一番厚意，不敢再固执。到了十月十八日，就同了仲飏，到湘公那里，正式拜门。但我终觉得自己学问太浅，老怕人家说我拜入王门，是想抬高身份，所以在人面前，不敢把湘绮师挂在嘴边。不过我心里头，对湘绮师是感佩得五体投地的。仲飏又对我说："湘绮师评你的文，倒还像个样子，诗却成了《红楼梦》里呆霸王薛蟠的一体了。"这句话真是说着我的毛病了。我作的诗，完全写我心头里要说的话，没有在字面上修饰过，自己看来，也有点呆霸王那样的味儿啊！

那时，黎铁安又介绍我到长沙省城里，给茶陵州的著名绅士谭氏三兄弟刻他们的收藏印记，这三位都是谭钟麟的公子。谭钟麟做过闽浙总督和两广总督，是赫赫有名的一品大员。他们三弟兄，大的叫谭延闿，号组安；次的叫谭恩闿，号组庚；小的叫谭泽闿，号组同，又号瓶斋。我一共给他们刻了十多方印章。自己看着，倒还过得去，没有什么不对的地方。却有一个丁拔贡，名叫可钧的，自称是个金石家，指斥我的刀法太烂，说了不少坏话。谭氏兄弟那时对于刻印，还不十分内行，听了丁拔贡的话，以耳代目就把我刻的字统都磨掉，另请这位丁拔贡去刻了。我听到这个消息，心想：我和丁可钧，都是模仿丁龙泓、黄小松两家的，走的是同一条路，难道说，他刻得对，我就不对了么？究竟谁对谁不对，懂得此道的人自有公论，我又何必跟他计较，也就付之一笑而已。

光绪二十六年（庚子，1900 年），我三十八岁。湘潭县城内，住着一位江西盐商，是个大财主。他逛了一次衡山七十二峰，以为这是天下第一胜景，想请人画个南岳全图，作为他游山的纪念。朋友介绍我去应征，我很经意地画成六尺中堂十二幅。我为了凑合盐商的意思，着色特别浓重，十二幅画，光是石绿一色，足足用了二斤，这真是一个笑柄。盐商看了，却是十分满意，送了我三百二十两银子。这三百二十两，在那时是一个了不起的数目，人家听了，吐吐舌头说："这还了得，画画真可以发财啦！"因为这一次画，我得了这样的高价，传遍了湘潭附近各县，从此我卖画的声名就大了起来，生意也就益发地多了。

我住的星斗塘老屋，房子本来很小，这几年，家里添了好多人口，显得更见狭窄了。我拿回了三百二十两银子，就想另外找一所住房，住得宽展一些。恰巧离白石铺不远的狮子口，在莲花寨下面，有所梅公祠，附近还有几十亩祠堂的祭田，正在招人典租，索价八百两银子，我很想把它承典过来，只是没有这些银子。我有一个朋友，是种田的，他愿意典祠堂的祭田，于是我出三百二十两，典住祠堂房屋，他出四百八十两，典种祠堂祭田。事情办妥，我祖父和我父母，都不很赞成，但也并不反对我就同我妻陈春君，带着我们两个儿子、两个女儿，搬到梅公祠去住了。莲花寨离余霞岭，有二十来里地，一望都是梅花，我把住的梅花祠，取名百梅书屋。我作过一首诗，说：

最关情是旧移家，屋角寒风香径斜。
二十里中三尺雪，余霞双屐到莲花。

梅公祠边，梅花之外，还有许多木芙蓉，花开时好像铺着一大片锦绣，好看得很。我定居北京以后，回想那时的故居，也曾题过一首诗：

> 千年不到莲花洞，草木余情有梦通。
> 晨露替人垂别泪，百梅祠外木芙蓉。

梅公祠内，有一点空地，我添盖了一间书房，取名借山吟馆。房前屋后，种了几株芭蕉，到了夏天，绿荫铺阶，凉生几榻，尤其是秋风夜雨，潇潇簌簌，助人诗思。我有句云：

> 莲花山下窗前绿，犹有挑灯雨后思。

这一年我在借山吟馆里，读书学诗，作的诗，竟有几百首之多。

梅公祠离星斗塘，不过五里来地，并不太远。我和春君，常常回到星斗塘去看望祖母和我父亲、母亲，他们也常到梅公祠来玩儿。从梅公祠到星斗塘，沿路水塘内，种的都是荷花，到花盛开之时，在塘边行走，一路香风，沁人心胸。我有两句诗说：

> 五里新荷田上路，百梅祠到杏花村。

我在梅公祠门前的水塘内，也种了不少荷花，夏末秋初，结的莲蓬很多，在塘边用稻草盖了一个棚子，嘱咐我两个儿子，轮流看守。那年，我大儿子良元，年十二岁，次儿良黼，年六岁。他们兄弟俩，平常日子，到山上去砍柴，砍柴挺卖力气，我见了心里很喜欢。穷人家的孩子，总是手脚勤些的好。有一天，中午刚过，我到门前塘边闲步，只见良黼躺在草棚之下，睡得正香。草棚是很小的，遮不了他整个身体，棚子顶上盖的稻草，又极稀薄，他穿了一件破旧的短衣，汗出得像流水一样。我看看地上的草，都给太阳晒得枯了。心想，他小小年纪，在这毒烈的太阳底下，怎么能受得了呢？就叫他道："良黼，你睡着了吗？"他从睡梦中霍地坐了起来，怕我责备，擦了擦眼泪，对我看看，喘着气，咳嗽了一声。我看他怪可怜的，就叫他跟我进屋去，这孩子真是老实极了。

光绪二十七年（辛丑，1901 年），我三十九岁。朋友问我："你的借山吟馆，取了'借山'两字，是什么意思？"我说："意思很明白，山不是我所有，我不过借来娱目而已！"我就画了一幅《借山吟馆图》，留作纪念。有人介绍我到湘潭县城里，给内阁中书李家画像。这位李中书，名叫镇藩，号翰屏，是个傲慢自大的人，向来是谁都看不起的，不料他一见我面，却谈得非常之好，而且还彬彬有礼。我倒有点奇怪了，以为这样一个有名的狂士，怎么能够跟我交上朋友了呢？经过打听，原来他有个内阁中书的同事，是湘绮师的内弟蔡枚功，名毓春，曾经对他说过："国有颜子而不知，深以为耻。"蔡公这样地抬举我，李翰屏也就对我另眼相看了。

那年十二月十九日，我遭逢了一件大不幸的事情，我祖母马孺人故去了。我小时候，她背了我下地做活，在穷苦无奈之时，她宁可自己饿着肚子，留了东西给我吃，想起了以前种种情景，心里头真是痛如刀割。

五出五归（1902—1916）

　　光绪二十八年（壬寅，1902年），我四十岁。四月初四，春君又生了个男孩，这是我们的第三子，取名良琨，号子如。

　　我在四十岁以前，没有出过远门，来来往往，都在湘潭附近各地。而且到了一地，也不过稍稍勾留，少则十天半月，至多三五个月。得到一点润笔的钱，就拿回家去，奉养老亲，抚育妻子。我不希望发什么财，只图糊住了一家老小的嘴，于愿已足，并不作远游之想。那年秋天，夏午诒由翰林改官陕西，从西安来信，叫我去教他的如夫人姚无双学画，知道我是靠作画刻印的润资度日的，就把束脩和旅费都汇寄给我。郭葆生也在西安，怕我不肯去，寄了一封长信来，说：

　　　　无论作诗作文，或作画刻印，均须于游历中求进境。作画尤应多游历，实地观察，方能得其中之真谛。古人云"得江山之助"，即此意也。作画但知临摹前人名作、或画册画谱之类，已落下乘，倘复仅凭耳食，随意点缀，则隔靴搔痒，更见其百无一是矣。只能常作远游，眼界既广阔，心境亦舒展，辅以颖敏之天资，深邃之学力，其所造就，将无涯涘，较之株守家园，故步自封者，诚不可以道里计也。关中夙号天险，山川雄奇，收之笔底，定多杰作。兄仰事俯蓄，固知惮于旅寄，然为画境进益起见，西安之行，殊不可少，尚望早日命驾，毋劳踌躇！

我经他们这样督促，就和父母商量好了，于十月初，别了春君，动身北上。

有一个十三岁的姑娘，天资很聪明，想跟我学画，我因为要远游，没有答允她。她来信说：

> 俟为白石门生后，方为人妇，恐早嫁有管束，不成一技也。

我看她很有志气，在动身到西安之前，特地去跟她话别。想不到她不久就死了，这一别竟不能再见，真是遗憾得很。十多年后，我想起了她，曾经作过两首诗：

> 最堪思处在停针，一艺无缘泪满襟。
> 放下绣针申一指，凭空不语写伤心。

> 一别家山十载余，红鳞空费往来书。
> 伤心未了门生愿，怜汝罗敷未有夫。

我生平念念不忘的文字艺术知己，这位小姑娘，乃是其中的一个。

那时，水陆交通，很不方便，长途跋涉，走得非常之慢，我却趁此机会，添了不少画料。每逢看到奇妙景物，我就画上一幅。到此境界，才明白前人的画谱，造意布局，和山的皴法，都不是没有根据的。我在中途，画了很多，最得意的有两幅：一幅是路过洞庭湖，画的是《洞庭看日图》。我六十岁后，补题过一首诗：

> 往余过洞庭，鲍鱼下江吓。
>
> 浪高舟欲埋，雾重湖光没。
>
> 雾中东望一帆轻，帆腰日出如铜钲。
>
> 举篙敲钲复住手，窃恐蛟龙闻欲惊。
>
> 湘君驶云来，笑我清狂客。
>
> 请博今宵欢，同看长圆月。
>
> 回首二十年，烟霞在胸膈。
>
> 君山初识余，头还未全白。

一幅是快到西安之时，画的是《灞桥风雪图》。我也题过一首诗：

> 名利无心到二毛，故人一简远相招。
>
> 蹇驴背上长安道，雪冷风寒过灞桥。

这两幅图，我都列入《借山吟馆图卷》之内。

我到西安，已是十二月中旬了，见着午诒，又会到了葆生，张仲飏也在西安，还认识了长沙人徐崇立。无双跟我学画，倒也闻一知十，进步很快，我门下有这样一个聪明的女弟子，觉得很高兴，就刻了一方印章"无双从游"，作为纪念。我同几位朋友，暇时常去游览西安附近名胜，所有碑林、雁塔坡、牛首山、华清池等许多名迹，都游遍了。在快要过年的时候，午诒介绍我去见陕西臬台樊樊山，樊山名增祥，号云门，湖北恩施人，是当时的名士，又是南北闻名的大诗人。我刻了几方印章，带了去，想送给他。到了臬台衙门，因为没有递"门包"，门上不给我通报，白跑了一趟。午诒跟樊山说了，才见着了面。樊山送了我五十两银子，作为刻印的润资，又替我订了一张刻印的润例："常用名印，每字三金，石广以汉尺为度，石大照加。石小二分，字若黍粒，每字十金。"是他亲笔写好了交给我的。

在西安的许多湖南同乡，看见臬台这样地看得起我，就认为是大好的晋身之阶。张仲飏也对我说，机会不可错过，劝我直接去走臬台门路，不难弄到一个很好的差事。我以为一个人要是利欲熏心，见缝就钻，就算钻出了名堂，这个人的人品，也可想而知了。因此，仲飏劝我积极营谋，我反而劝他悬崖勒马。仲飏这样一个热衷功名的人，当然不会受我劝的，但是像我这样一个淡于名利的人，当然也不会听他话的。我和他，从此就有点小小的隔阂，他的心里话，也就不跟我说了。

光绪二十九年（癸卯，1903 年），我四十一岁。在西安住了三个来月，夏午诒要进京谋求差事，调省江西，邀我同行。樊樊山告诉我：他五月中也要进京，慈禧太后喜欢绘画，宫内有位云南籍的寡妇缪素筠，给太后代笔，吃的是六品俸，他可以在太后面前推荐我，也许能够弄个六七品的官衔。我笑着说："我是没见过世面的人，叫我去当内廷供奉，怎么能行呢？我没有别的打算，只想卖卖画，刻刻印章，凭着这一双劳苦的手，积蓄得三二千两银子，带回家去，够我一生吃喝，也就心满意足了。"夏午诒说："京城里遍地是银子，有本领的人，俯拾即是，三二千两银子，算得了什么！濒生当了内廷供奉，在外头照常可以卖画刻印，还怕不够你一生吃喝吗？"我听他们都是官场口吻，不便接口，只好相对无言了。我在西安，住得虽不甚久，却有些留恋之意，在离开之前，又去游了次雁塔，题了一首诗：

> 长安城外柳丝丝，雁塔曾经春社时。
>
> 无意姓名题上塔，至今人不识阿芝。

我不喜欢出风头的意思，在这首诗里，说得很明白的了。

三月初，我随同午诒一家，动身进京。路过华阴县，登上了万岁楼，面对华山，看个尽兴。一路桃花，长达数十里，风景之美，真是生平所仅见。到晚晌，我点上了灯，在灯下画了一幅《华山图》。华山山势陡立，看去真像刀削一样。渡了黄河，在弘农涧地方，远看嵩山，另是一种奇景。我向旅店中借了一张小桌子，在涧边画了一幅《嵩山图》。这图同《华山图》，我都收在《借山图》卷内了。在漳河岸边，看见水里有一块长方形的石头，好像是很光滑的，我想取了来，磨磨刻字刀，倒是十分相宜。拾起来仔细一看，却是块汉砖，铜雀台的遗物，无意间得到了稀见的珍品，真是喜出望外。可惜十多年后，在家乡的兵乱中，给土匪抢去了。

我进了京城，住在宣武门外北半截胡同夏午诒家。每天教无双学画以外，应了朋友的介绍，卖画刻印章。闲暇时候，常去逛琉璃厂，看看古玩字画。也到大栅栏一带去听听戏。认识了湘潭同乡张翊六，号贡吾；衡阳人曾熙，号农髯；江西人李瑞荃，号筠庵。其余还有不少的新知旧友，常在一起游宴。但是一般势利的官场中人，我是不愿和他们接近的，记得我初认识曾农髯时，误会他是个势利人，嘱咐午诒家的门房，待他来时，说我有病，不能会客。他来过几次，都没见着。一次他又来了，不待通报，直闯进来，连声说："我已经进来，你还能不见我吗？"我无法再躲，只得延见。农髯是个风雅饱学之士，后来跟我交得很好，当初我错看了他，实在抱歉至极。三月三十日那天，午诒同杨度发起，在陶然亭饯春，到了不少的诗人，我画了一幅《陶然亭饯春图》。杨度，号皙子，湘潭同乡，也是湘绮的门生。我作过一首诗，寄给樊樊山，中有四句说：

> 陶然亭上饯春早，晚钟初动夕阳收。
>
> 挥毫无计留春住，落霞横抹胭脂愁。

就是说的那年我画饯春图这回事。

到了五月，听说樊山已从西安启程，我怕他来京以后，推荐我去当内廷供奉，少不得要添出许多麻烦。我向午诒说："离家半年多，想念得很，打算出京回家去了。"午诒留着我，我坚决要走。他说："既然留你不得，我也只好随你的便！我想，给你捐个县丞，指省江西，你到南昌去候补，好不好呢？县丞虽是微秩，究属是朝廷的命官，慢慢地磨上了资格，将来署个县缺，是并不难的。况且我是要到江西去的，替你打点打点，多少总有点照应。"我说："我哪里会做官，你的盛意，我只好心领而已。我如果真的到官场里去混，那我简直是受罪了！"午诒看我意志并无犹豫，知道我是决不会干的，也就不再勉强，把捐县丞的钱送了给我。我拿了这些钱，连同在西安、北京卖画刻印的润资，一共有了二千多两银子，可算是不虚此行了。

我在北京临行之时，买了点京里的土产，预备回家后送亲友，又在李玉田笔铺，定制了画笔六十支，每支上面，挨次刻着号码，自第一号起，至第六十号止，刻的字是：白石先生画笔第几号。当时有人说，不该自称先生，这样的刻笔，未免狂妄。实则从前金冬心就自己称过先生，我模仿着他，有何不可呢？樊樊山在我出京后不久，也到了京城，听说我已走了，对夏午诒说："齐山人志行很高，性情却有点孤僻啊！"

我出京后，从天津坐海轮，过黑水洋，到上海，再坐江轮，转汉口，回到家乡，已是六月炎天了。我从壬寅年四十岁起至己酉年四十七岁止，这八年中出过远门五次，是我生平可纪念的五出五归。这次远游西安、北京，绕道天津、上海回家，是我五出五归中的一出一归，也就是我出门远游的第一次。那时，同我合资典租梅公祠祭田的那位朋友，想要退田，和我商量，我在带回家的二千多两银子中，提出四百八十两给了他，以后梅公祠的房子和祭田，统都归我承典了。我回乡以后，仍和旧日师友常相晤叙，作画吟诗刻印章，是每天的日课。

胡沁园师见了我画的《华山图》，很为赏识，赞不绝口，拿来一把团扇，叫我缩写在他的扇面上，我就很经意地给他画了。沁园师很高兴，笑着对我说："读万卷书，行万里路，都是人生快意之事，第二句你做到了，慢慢地再做到第一句，那就更好了。"沁园师总是很诚恳地这样期许我。

光绪三十年（甲辰，1904 年），我四十二岁。春间，王湘绮师约我和张仲飏同游南昌。过九江，游了庐山。到了南昌，住在湘绮师的寓中，我们常去游滕王阁、百花洲等名胜。铜匠出身的曾招吉，那时在南昌制造空运大气球，听说他试验了几次，都掉到水里去了，人都作为笑谈，他仍是专心一志地研究。他也是湘绮师的门生，和铁匠出身的张仲飏，木匠出身的我，同称"王门三匠"。他们二人的学问，也许比我高明些，但是性情可不与我一样。仲飏也是新从陕西回来，他是一个热心做官的人，喜欢高谈阔论，说些不着边际的大话，示他的抱负不凡。招吉平常日子都穿着官靴，走起路来，近着鸭子似的八字方步，表示他是一个会作文章的读书人。南昌是江西省城，大官儿不算很少，钦慕湘绮师的盛名，时常来登门拜访。仲飏和招吉，依傍老师的面子，周旋其间，倒也认识了很多阔人。我却怕和他们打着交道，看见他们来了，就躲在一边，避不见面，并不出去招呼，所以他们认识我的很少。仲飏、招吉常常笑我是个迂夫子，我也只能甘心做我的迂夫子而已。

七夕那天，湘绮师在寓所，招集我们一起饮酒，并赐食石榴。席间，湘绮师说："南昌自从曾文正公去后，文风停顿了好久，今天是七夕良辰，不可无诗，我们来联句吧！"他就自己首唱了两句："地灵胜江汇，星聚及秋期。"我们三个人听了，都没有联上，大家互相看看，觉得很不体面。好在湘绮师是知道我们底细的，看我们谁都联不上，也就罢了。我在夏间，曾把我所刻的印章拓本呈给湘绮师评阅，并请他作篇序文。就在那天晚上，湘绮师把作成的序文给了我。文内有几句话说："白石草衣，起于造士，画品琴德，俱入名域，尤精刀笔，非知交不妄应。朋座密谈时，有生客至，辄逡巡避去，有高世之志，而恂恂如不能言。"这虽是他老人家溢美之言，太夸奖了我，但所说我的脾气，确是一点不假，真可以算是我的知音了。到了八月十五中秋节，我才回到了家乡。这是我五出五归中的二出二归。想起七夕在南昌联句之事，觉得作诗这一门，倘不多读点书，打好根基，实在不是容易的事。虽说我也会哼几句平平仄仄，怎么能够自称为诗人了呢？因此，就把借山吟馆的"吟"字删去，只名为借山馆了。

光绪三十一年（乙巳，1905 年），我四十三岁。在黎薇荪家里，见到赵之谦的《二金蝶堂印谱》，借了来，用朱笔勾出，倒和原本一点没有走样。从此，我刻印章，就模仿赵㧑叔的一体了。我作画，本是画工笔的，到了西安以后，渐渐改用大写意笔法。以前我写字，是学何子贞的，在北京遇到了李筠庵，跟他学写魏碑，他叫我临《爨龙颜碑》，我一直写到现在。人家说我出了两次远门，作画写字刻印章，都变了样啦，这确是我改变作风的一个大枢纽。

七月中旬，汪颂年约我游桂林。颂年名诒书，长沙人，翰林出身，时任广西提学使。广西的山水，是天下著名的，我就欣然而往，进了广西境内，果然奇峰峻岭，目不暇接。画山水，到了广西，才算开了眼界啦！只是桂林的气候，倏忽多变，炎凉冷暖，捉摸不定，出去游览，必须把棉、夹、单三类衣服带个齐全，才能应付天气的变化。我作过一首诗：

> 广西时候不相侔，自打衣包作小游。
> 一日扁舟过阳朔，南风轻葛北风裘。

并不是过甚其词。

我在桂林，卖画刻印为生。樊樊山在西安给我定的刻印润格，我借重他的大名，把润格挂了出去，生意居然很好。我做了一首纪事诗：

> 眼昏隔雾尚雕镌，好事诸公肯出钱。
> 死后问心何值得，寻常一字价三千。

那时，宝庆人蔡锷，号松坡，新从日本回国，在桂林创办巡警学堂。看我赋闲无事，托人来说："巡警学堂的学生，每逢星期日放假，常到外边去闹事，想请您在星期日那天，去教学生们作画，每月送薪资三十两银子。"我说："学生在外边会闹事，在里头也会闹事，万一闹出轰教员的事，把我轰了出来，颜面何存，还是不去的好。"三十两银子请个教员，在那时是很丰厚的薪资，何况一个月只教四天的课，这是再优惠没有的了。我坚辞不就，人都以为我是个怪人。松坡又有意自己跟我学画，我也婉辞谢绝。

有一天在朋友那里，遇到一位和尚，自称姓张，名中正，人都称他为张和尚。我看他行动不甚正常，说话也多可疑，问他从哪里来，往何处去，他都闪烁其词，没曾说出一个准地方，只是吞吞吐吐地"唔"了几声，我也不便多问了。他还托我画过四条屏，送了我二十块银圆。我打算回家的时候，他知道了，特地跑来对我说："你哪天走？我预备骑着马，送你出城去！"这位和尚，待友倒是很殷勤的。到了民国初年，报纸上常有黄克强的名字，是人人知道的。朋友问我："你认识黄克强先生吗？"我说："不认识。"又问我："你总见过他？"我说："素昧平生。"朋友笑着说："你在桂林遇到的张和尚，既不姓张，又不是和尚，就是黄先生。"我才恍然大悟，但是我和黄先生始终没再见过。

光绪三十二年（丙午，1906 年），我四十四岁。在桂林过了年，打算要回家，画了一幅《独秀山图》，作为此游的纪念，我把这图也收入《借山图》卷里去。许多朋友，知道我要走了，都留着我不放，我说回家去看看再来。正想动身的时候，忽接我父亲来信，说是四弟纯培，和我的长子良元，从军到了广东，因为他们叔侄年轻，没曾出过远门，家里很不放心，叫我赶快去追寻。我也觉得事出突然，就辞别众友，取道梧州，到了广州，住在祇园寺庙内。探得他们跟了郭葆生，到钦州去了。原来现任两广总督袁海观，也是湘潭人，跟葆生是亲戚。葆生是个候补道，指省广东不久，就放了钦廉兵备道。钦廉是钦州、廉州两个地方，道台是驻在钦州的。纯培和良元，是葆生叫去的，他们怕家里不放远行，瞒了人，偷偷地到了广东。我打听到确讯，匆匆忙忙地赶了一千多里的水陆路程，到了钦州。葆生笑着说："我叫他们叔侄来到这里，连你这位齐山人也请到了！"我说："我是找他们来的，既已见到，家里也就放心了。"

葆生本也会画几笔花鸟，留我住了几个月，叫他的如夫人跟我学画。他是一个好名的人，自己的画虽不太好，却很喜欢挥毫，官场中本没有真正的是非，因为他官衔不小，求他画的人倒也不少。我到了以后，葆生好像有了一个得力的帮手，应酬画件，就叫我代为捉刀，我在他那里，代他画了很多，他知道我是靠卖画为生的，送了我一笔润资。他收罗的许多名画，像八大山人、徐青藤、金冬心等真迹，都给我临摹了一遍，我也得益不浅。到了秋天，我跟葆生订了后约，独自回家乡。这是我五出五归中的三出三归。

我回家后不久，周之美师傅于九月二十一日死了。我听得这个消息，心里难受得很。回想当初我跟师傅学艺的时候，师傅视我如子，把他雕花的绝技，全套教给了我。出师后，我虽常去看他，只因连年在外奔波，相见的日子，并不甚多。不料此次远游归来，竟成长别。师傅又没有后嗣，身后凄凉，令人酸鼻。我到他家去哭奠了一场，又作了一篇《大匠墓志》去追悼他。凭我这一点微薄的意思，怎能报答我师傅当初待我的恩情呢？

那时，我因梅公祠的房屋和祠堂的祭田典期届满，另在余霞峰山脚下茶恩寺茹家冲地方，买了一所破旧房屋和二十亩水田。茹家冲在白石铺的南面，相隔二十来里。西北到晓霞山，也不过三十来里。东西是枫树坳，坳上有大枫树百十来棵，都是几百年前遗留下来的。西北是老坝，又名老溪，是条小河，岸的两边，古松很多。我们房屋的前面和旁边，各有一口水井，井边种了不少的竹子，房前的井，名叫墨井。这一带在四山围拘之中，风景很是优美。

我把破旧的房屋翻盖一新，取名为寄萍堂。堂内造一书室，取名为八砚楼，名虽为楼，并非楼房，我远游时得来的八块砚石，置在室中，所以题了此名。这座房子，是我画了图样盖的，前后窗户，安上了从上海带回来的细铁丝纱，我把它称作"碧纱橱"。朋友都说，轩畅爽朗，样式别致，又合乎实用。布置妥当，于十一月二十日，我同春君带着儿女们，从梅公祠旧居，搬到了茹家冲新宅。我以前住的，只能说是借山，此刻置地盖房，才可算是买山了。

十二月初七日，大儿媳生了个男孩，这是我的长孙，取名秉灵，号叫近衡。因他生在搬进新宅不到一月，故又取号移孙。邻居们看我新修了住宅，又添了一个孙子，都来祝贺说："人兴财旺！"我的心境，确比前几年舒展得多了。

光绪三十三年（丁未，1907 年），我四十五岁。上年在钦州，与郭葆生话别，订约今年再去。过了年，我就动身了。坐轿到广西梧州，再坐轮船，转海道而往，到了钦州，葆生仍旧叫我教他如夫人学画，兼给葆生代笔。住不多久，随同葆生到了肇庆。游鼎湖山，观飞泉潭。泉水像泼天河似的，倾泻而下，声音像打雷一样震人耳膜。我在潭的底下，站立了好久，一阵阵清秀之气，令人神爽。又往高要县，游端溪，谒包公祠。端溪是出产视石著名的，但市上出售的都是新货反不如北京琉璃厂古玩铺内，常有老坑珍品出售。俗谚所谓"出处不如聚处"，这话是不错的。钦州辖界，跟越南接壤，那年边疆不靖，兵备道是要派兵去巡逻的。我趁此机会，随军到达东兴。这东兴在北仑河北岸，对面是越南的芒街，过了铁桥，到了北仑河南岸，游览越南山水。野蕉数百株，映得满天都成碧色。我画了一张《绿天过客图》，收入《借山图》卷之内。那边的山水，倒是另有一种景色。

回到钦州，正值荔枝上市，沿路我看了田里的荔枝树，结着累累的荔枝，倒也非常好看，从此我把荔枝也入了我的画了。曾有人拿了许多荔枝来，换了我的画去，这倒可算是一桩风雅的事。还有一位歌女，我捧过她的场，她常常剥了荔枝肉给我吃。我作了一首纪事诗：

客里钦州旧梦痴，南门河上雨丝丝。
此生再过应无分，纤手教侬剥荔枝。

钦州城外，有所天涯亭，我每次登亭游眺，总不免有点游子之思。记得上年二月间，初到此地，曾作一首诗：

看山曾作天涯客，记得归家二月期。
游遍鼎湖山下路，木棉十里子规啼。

当初本想略住几天，就回家去，为葆生留下，直到秋天才回家乡。今年春天到此，转瞬之间，又到了冬月，我就向葆生告辞，动身回乡，到家已是腊鼓频催的时节了。这是五出五归中的四出四归。

光绪三十四年（戊申，1908 年），我四十六岁。罗醒吾在广东提学使衙门任事，叫我到广州去玩玩。我于二月间到了广州，本想小住几天，转道往钦州，醒吾劝我多留些时，我就在广州住下，仍以卖画刻印为生。那时广州人看画，喜的是"四王"一派，我的画法，他们不很了解，求我画的人很少。唯独刻印，他们却非常夸奖我的刀法，我的润格挂了出去，求我刻印的人，每天总有十来起。因此卖艺生涯，亦不落寞。醒吾参加了孙中山先生领导的同盟会，在广州做秘密革命工作。他跟我同是龙山诗社七子之一，平日处得很好，彼此无话不谈。此番在广州见面，他悄悄地把革命党的内容，和他工作的状况详细无遗地告诉了我，并要我帮他做点事，替他们传递文件。我想，这倒不是难办的事，只需机警地不露破绽，不会发生什么问题，当下也就答允了。从此，革命党的秘密文件需要传递，醒吾都交我去办理。我是假借卖画的名义，把文件夹杂在画件之内，传递得十分稳妥。好在这样的传递，每月并没有多少次，所以始终没露痕迹。秋间，我父亲来信叫我回去，我在家住了没有多久，父亲叫我往钦州接我四弟和我长子回家，又动身到了广东。

宣统元年（己酉，1909 年），我四十七岁，在广州过了年，正月到钦州，葆生留我住过了夏天，我才带着我四弟和我长子，经广州往香港。在钦州到广州的路上，看见人家住的楼房，多在山坳林木深处，别有一种景趣。我回想起来，曾经作过一首诗：

> 好山行过屡回头，戊己连年忆粤游。
> 佳景至今忘不得，万山深处著高楼。

到了香港，换乘海轮，直达上海。住了几天，正值中秋佳节，我想游山赏月，倒是很有意思，就携同纯培和良元，坐火车往苏州，天快黑了，乘夜去游虎丘。恰巧那天晚上，天空阴沉沉的，一点月光都没有，大为扫兴。那时苏州街头，专有人牵着马待雇的，我们雇了三匹马，骑着去。我骑的是一匹瘦马，走到山塘桥，不知怎的，马忽然受了惊，幸而收缰得快，没有出了乱子。第二天，我们到了南京。我想去见李梅庵，他往上海去了，没有见着。梅庵名瑞清，是筠庵的哥哥，是当时的一位有名书法家。我刻了几方印章，留在他家，预备他回来送给他。在南京，匆匆逛了几处名胜，就坐江轮西行。路过江西小姑山，在轮中画了一幅《小姑山图》，收入我的《借山图》卷之内。直到民国十五年，从湘潭回北京，又路过那里，我才题了一首诗：

> 往日青山识我无？廿年心与迹都殊。
>
> 扁舟隔浪丹青手，双鬓无霜画小姑。

　　九月，回到了家。这是我五出五归末一次回来。我从壬寅年四十岁起，到己酉年四十七岁，八年之间，走遍了半个中国，游览了陕西、北京、江西、广东、广西、江苏等六处有名的山水，沿路经过的省份，还不算在内。这是我平生最可纪念的事，老来回想，也还很有余味。

　　宣统二年（庚戌，1910 年），我四十八岁。沁园师早先曾说过"行万里路，读万卷书"，我这几年，路虽走了不少，书却读得不多。回家以后，自觉书底子太差，天天读些古文诗词，想从根基方面，用点苦功。有时和旧日诗友，分韵斗诗，刻烛联吟，往往一字未妥，删改再三，不肯苟且。还把游历得来的山水画稿，重画了一遍，编成《借山图》卷，一共画了五十二幅。其中三十幅，为友人借去未还，现在只存了二十二幅。余暇的时候，在山场屋角之间，和房外菜圃的四边，种了各种果树。又在附近池塘之内，养了些鱼虾。当我植树莳花、挑菜掘笋和养鱼时，儿孙辈都随我一起操作，倒也心旷神怡。朋友胡廉石把他自己住在石门附近的景色，请王仲言拟了二十四个题目，叫我画《石门二十四景图》。我精心构思，换了几次稿，费了三个多月的时间，才把它画成。廉石和仲言，都说我远游归来，画的境界，比以前扩展得多了。

黎薇荪自从四川辞官归来，在家乡当上了绅士，很是逍遥自在。去年九月，我刚回到家乡。他就订约邀我去游天衢山，送我一首诗，有句说："探梅莫负衢山约。"天衢山在湘潭城南五十二里，是我们家乡著名的风景区。我和他的韵，回了他一首诗：

> 瀼西归后得清娱，小费经营酒一壶。
> 宦后交游翻似梦，劫余身世岂嫌迂。
> 梅花未著先招客，桃叶添香不负吾。
> 醉后欲眠诗思在，怜君闲与老农俱。

薇荪新近纳了一妾，故有桃叶添香的话。我尝自号白石老农，末句所说的老农，指的是我自己。本年他在岳麓山下，新造了一所别墅，取名听叶庵，叫我去玩。我到了长沙，住在通泰街胡石庵的家里。王仲言在石庵家坐馆，沁园师的长公子仙甫，也在省城。薇荪那时是湖南高等学堂的监督，高等学堂是湖南全省最高的学府，在岳麓书院的旧址，张仲飏在里头当教务长，都是熟人。我同薇荪、仲飏和胡石庵、王仲言、胡仙甫等，游山吟诗，有时又刻印作画，非常欢畅。我刻印的刀法，有了变化，把汉印的格局，融会到赵㧑叔一体之内，薇荪说我古朴耐人寻味。茶陵州的谭氏兄弟，十年前听了丁拔贡的话，把我刻的印章磨平了，当时我的面子，真有点下不去。现在他们懂得些刻印的门径，知道丁拔贡的话并不可靠，因此，把从前要刻的收藏印记，又请我去补刻了。同时，湘绮师也叫我刻了几方印章。省城里的人，顿时哄传起来，求我刻印的人，接连不断，我曾经有过一句诗："姓名人识鬓成丝。"人情世态，就是这样的势利啊！

宣统三年（辛亥，1911 年），我四十九岁。春二月，听说湘绮师来到长沙，住营盘街，我进省去访他，并面恳给我祖母作墓志铭。这篇铭文，后来由我自己动手刻石。谭组安约我到荷花池上，给他们先人画像。他的四弟组庚，于前年八月故去，也叫我画了一幅遗像。我用细笔在纱衣里面，画出袍褂的团龙花纹，并在地毯右角，画上一方"湘潭齐璜濒生画像记"小印，这是我近年来给人画像的记识。

清明后二日，湘绮师借瞿子玖家里的超览楼，招集友人饮宴，看樱花海棠。写信给我说："借瞿协揆楼，约文人二三同集，请翩然一到！"我接信后就去了。到的人，除了瞿氏父子，尚有嘉兴人金甸臣，茶陵人谭祖同（泽闿）等。瞿子玖名鸿礼，当过协办大学士、军机大臣。他的小儿子宣颖，号兑之，也是湘绮师的门生，那时还不到二十岁。瞿子玖作了一首樱花歌七古，湘绮师作了四首七律，金、谭也都作了诗。我不便推辞，只好献丑，过了好多日子，才补作了一首看海棠的七言绝句。诗道：

往事平泉梦一场，师恩深处最难忘。
三公楼上文人酒，带醉扶栏看海棠。

当日湘绮师在席间对我说："濒生这几年，足迹半天下，好久没有给同乡人作画了，今天的集会，可以画一幅《超览楼禊集图》啦！"我说："老师的吩咐，一定遵办！"可是我口头虽答允了，因为不久就回了家，这图却没有画成。

民国元年（壬子，1912 年），我五十岁。二年（癸丑，1913 年），我五十一岁。我自五出五归以后，希望终老家乡，不再作远游之想。住的茹家冲新宅，经我连年布置，略有可观。我学取了崇德桥附近一位老农的经验，凿竹成笕，引导山泉从后院进来，客到烧茶，不必往外挑水，很为方便。寄萍堂内的一切陈设，连我作画刻印的几案，都由我自出心裁，加工制成，大一半还是我自己动手做的。我奔波了半辈子，总算有了一个比较安逸的容身之所了。在五十一岁那年的九月，我把一点微薄的积蓄，分给三个儿子，让他们自谋生活。那时，长子良元二十五岁，次子良黼年二十岁，三子良琨年十二岁。良琨年岁尚小，由春君留在身边，跟随我们夫妇度日。长、次两子，虽仍住在一起，但各自分炊，独立门户。良元在外边做工，收入比较多些，糊口并不为难。良黼只靠打猎为生，天天愁穷。十月初一日得了病，初三日曳了一双破鞋，手里拿着火笼，还踱到我这边来，坐在柴灶前面，烤着松柴小火，向他母亲诉说窘况。当时我和春君，以为他是在父母面前撒娇，并不在意。不料才隔五天，到初八日死了，这真是意外的不幸。春君哭之甚恸，我也深悔不该急于分炊，致他忧愁而死。这孩子平日沉静少言，没有任何嗜好，常侍我侧，也已学会了刻印。他死后，我做了一篇祭文，叙述他一生经历，留给后人作纪念。

民国三年（甲寅，1914 年），我五十二岁。雨水节前四天，我在寄萍堂旁边，亲手种了三十多株梨树。苏东坡致程全父的信说："太大则难活，小则老人不能待。"我读了这篇文章，心想：我已五十二岁的人了，种这梨树，也怕等不到吃果子，人已没了。但我后来，还幸见它结实，每只重达一斤，而且味甜如蜜，总算及吾之生，吃到自种的梨了。

夏四月，我的六弟纯楚死了，享年二十七岁。纯楚一向在外边做工，当戊申年他二十一岁时，我曾为他画了一幅小像。前年冬，他因病回家，病了一年多而死。父亲母亲，老年丧子，非常伤心，我也十分难过，作了两首诗悼他。

纯楚死后没几天，正是端阳节，我派人送信到韶塘给胡沁园师，送信人匆匆回报说：他老人家故去已七天了。我听了，心里头顿时像小刀子乱扎似的，说不出有多大痛苦。他老人家不但是我的恩师，也可以说是我生平第一知己，我今日略有成就，饮水思源，都是出于他老人家的栽培。一别千古，我怎能抑制得住满腔的悲思呢？我参酌旧稿，画了二十多幅画，都是他老人家生前赏识过的，我亲自动手裱好，装在亲自糊扎的纸箱内，在他灵前焚化。同时又作了七言绝诗十四首，又作了一篇祭文，一副挽联，联道：

衣钵信真传，三绝不愁知己少。

功名应无分，一生长笑折腰卑。

这副联语，虽说挽的是沁园师，实在是我的自况。

民国四年（乙卯，1915 年），我五十三岁。五年（丙辰，1916年），我五十四岁。乙卯冬天，胡廉石把我前几年给他画的《石门二十四景图》送来，叫我题诗。我看黎薇荪已有诗题在前面，也技痒起来，每景补题了一诗。我们湖南，有一位先辈的画家张叔平，名准，也会刻印章，是永绥厅人，道光己酉科的举人。我在黎薇苏家里，见到他的真迹不少，曾经临摹过一遍。丙辰九月，在茹家冲邻居那里，见着他家藏画四幅，画的笔法很苍健，却只有题字，没有题款，盖的印章，也是闲章，不是名印。我借来临了一遍，仔细查看，见其笔法、题字和印章，断定是张叔平的手迹，就在我临摹的画幅上面，题了几句。薇苏的儿子戬斋，是我的好朋友，常来我家，见了心爱，向我索取。我素知叔平和黎文肃公是乡榜同年，戬斋是文肃公后裔，就把我临摹的画，送给了他。正在那时，忽得消息，湘绮师故去了，享年八十五岁。这又是一个意外的刺激！湘绮师在世时，负文坛重望，人多以拜门为荣。我虽列入他的门墙，却始终不愿以此为标榜。至好如郭葆生，起初也不知我是王门弟子，后来在北京，听湘绮师说起，才知道的。湘绮师死后，我专程去哭奠了一场。回忆往日师门的恩遇，我至今铭感不忘。

那年，还有一桩扫兴的事，谈起来也是很可气的。我作诗，向来是不求藻饰，自主性灵，尤其反对模仿他人，学这学那，搔首弄姿。但这十年来，喜读宋人的诗，爱他们轻朗闲谈，和我的性情相近，有时偶用他们的格调，随便哼上几句。只因不是去模仿，就没有去作全首的诗，所作的不过是断句残联。日子多了，积得有三百多句，不意在秋天，被人偷了去。我有诗道：

料汝他年夸好句，老夫已死是非无。

作诗原是雅事，到了偷袭掠美的地步，也就未免雅得太俗了。

定居北京（1917—1936）

民国六年（丁巳，1917 年），我五十五岁。我自五出五归之后，这八九年来，足迹仅在湘潭附近，偶或去到长沙省城，始终没有离开湖南省境，我本不打算再作远游。不料连年兵乱，常有军队过境，南北交哄，互相混战，附近土匪，乘机蜂起。官逼税捐，匪逼钱谷，稍有违拒，巨祸立至。弄得食不安席，寝不安枕，没有一天不是提心吊胆地苟全性命。那年春夏间，又发生了兵事，家乡谣言四起，有碗饭吃的人，纷纷别谋避地之所。我正在进退两难、一筹莫展的时候，接到樊樊山来信，劝我到京居住，卖画足可自给。我迫不得已，辞别了父母妻子，携着简单行李，独自动身北上。

阴历五月十二日到京，这是我第二次来到北京，住前门外西河沿排子胡同阜丰米局后院郭葆生家。住了不到十天，恰逢复辟之变，北京城内，风声鹤唳，一夕数惊。葆生说："民国元年正月，乱兵到处抢劫，闹得很凶，此番变起，不可不加小心。"遂于五月二十日，带着眷属，到天津租界去避难，我也随着去了。龙阳人易实甫，名顺鼎，我因樊樊山的介绍，和他相识，他也常到葆生家来闲谈，和我虽是初交，却很投机。他听说我们要赴津避难，力劝不必多此一举。我走的那天，他还派人约我到煤市街文明园听坤伶鲜灵芝的戏，我只好辜负他的厚意，回了一张便条辞谢了。我们坐上火车，路过黄村万庄一带，正值段祺瑞部将李长泰的军队，和张勋的辫子兵打得非常激烈、火车到站，不敢停留，冒着炮火，直冲过去，侥幸没出危险，平安到津。到六月底，又随同葆生一家，返回北京，住在延寿寺街炭儿胡同，也是郭葆生家。那里同住的，有一个无赖，专想骗葆生的钱，因我在旁，碍了他的手脚，就处处跟我为难。我想，对付小人，还是远而避之，不去惹他的好，遂搬到西砖胡同法源寺庙内，和杨潜庵同住。潜庵名昭俊，本是同乡熟友，写得一笔好字，送我的字真不少，我刻了两方印章，送他为报。张仲飏也在北京，住在阎王庙街，常来法源寺，和我叙谈。

我在琉璃厂南纸铺，挂了卖画刻印的润格，陈师曾见着我刻的印章，特到法源寺来访我，晤谈之下，即成莫逆。师曾名衡恪，江西义宁人，现任教育部编审员。他祖父宝箴，号右铭，做过我们湖南抚台，官声很好。他父亲三立，号伯严，又号散原，是当代的大诗人。师曾能画大写意花卉，笔致矫健，气魄雄伟，在京里很负盛名。我在行箧中，取出《借山图》卷，请他鉴定。他说我的画格是高的，但还有不够精湛的地方，题了一首诗给我，说：

曩于刻印知齐君，今复见画如篆文。
束纸丛蚕写行脚，脚底山川生乱云。
齐君印工而画拙，皆有妙处难区分。
但恐世人不识画，能似不能非所闻。
正如论书喜姿媚，无怪退之讥右军。
画吾自画自合古，何必低首求同群？

他是劝我自创风格，不必求媚世俗，这话正合我意。我常到他家去，他的书室，取名"槐堂"，我在他那里，和他谈画论世，我们所见相同，交谊就愈来愈深。我出京时，作了一首诗：

> 槐堂六月爽如秋，四壁嘉陵可卧游。
>
> 尘世几能逢此地，出京焉得不回头。

我此次到京，得交陈师曾做朋友，也是我一生可纪念的事。

樊樊山是看得起我的诗的，我把诗稿请他评阅，他作了一篇序文给我，说：

> 濒生书画，皆力追冬心，今读其诗，远在花之寺僧之上，真寿门嫡派也。冬心自叙其诗云，所好常在玉溪天随之间，不玉溪，不天随，即玉溪，即天随。又曰，俊僧隐流钵箪瓢笠之往还，饶苦硬清峭之思。今欲序濒生之诗，亦卒无以易此言也。冬心自道云，只字也从辛苦得，恒河沙里觅铜金。凡此等诗，看似寻常，皆从刿心钵肝而出，意中有意，味外有味，断非冠进贤冠，骑金络马，食中书省新煮馄头者所能知。惟当与苦行头陀，在长明灯下读，与空谷佳人，在梅花下读，与南宋前明诸遗老，在西湖灵隐、昭庆诸寺中，相与寻摘而品定之，斯为雅称耳。

樊山这样地恭维我，我真是受宠若惊。他亦劝我把诗稿付印。隔了十年，我才印出了《借山吟馆诗草》，樊山这篇序文，就印在卷首。

我这次到京，除了易实甫、陈师曾二人以外，又认识了江苏泰州凌植支（文渊），广东顺德罗瘿公（惇曧）、敷庵（惇曧）兄弟，江苏丹徒汪蔼士（吉麟），江西丰城王梦白（云），四川三台萧龙友（方骏），浙江绍兴陈半丁（年），贵州息烽姚茫父（华）等人。凌、汪、王、陈、姚都是画家，罗氏兄弟是诗人兼书法家，萧为名医，也是诗人。尊公（次溪按：这是指我的父亲，下同。）沧海先生，跟我同是受业于湘绮师的，神交已久，在易实甫家晤见，真是如逢故人，欢若平生。（次溪按：先君篁溪公，讳伯桢，尝刊《沧海丛书》，别署沧海）还认识了两位和尚，一是法源寺的道阶，一是阜成门外衍法寺的瑞光，瑞光是会画画的，后来拜我为师。旧友在京的，有郭葆生、夏午诒、樊樊山、杨潜庵、张仲飏等。新知旧雨，常在一起聚谈，客中并不寂寞。

不过新交之中，有一个自命科榜的名士，能诗能画，以为我是木匠出身，好像生来就比他低下一等，常在朋友家遇到，表面虽也虚与我周旋，眉目之间，终不免流露出倨傲的样子。他不仅看不起我的出身，尤其看不起我的作品，背地里骂我粗野，诗也不通，简直是一无可取，一钱不值。他还常说："画要有书卷气，肚子里没有一点书底子，画出来的东西，俗气熏人，怎么能登大雅之堂呢！讲到诗的一道，又岂是易事，有人说，自鸣天籁，这天籁二字，是不读书人装门面的话，试问自古至今，究竟谁是天籁的诗家呢？"我明知他的话是针对着我说的。文人相轻，是古今通例，这位自称有书卷气的人，画得本极平常，只靠他的科名，卖弄身份。我认识的科甲中人，也很不少，像他这样的人，并不觉得物稀为贵。况且画好不好，诗通不通，谁比谁高明，百年后世，自有公评，何必争此一日短长，显得气度不广。当时我作的《题棕树》诗，有两句说：

任君无厌千回剥，转觉临风遍体轻。

我对于此公，总是逆来顺受，丝毫不与他计较，毁誉听之而已。到了九月底，听说家乡乱事稍定，我遂出京南下。十月初十日到家，家里人避兵在外，尚未回来，茹家冲宅内，已被抢劫一空。

民国七年（戊午，1918年），我五十六岁。家乡兵乱，比上年更加严重得多，土匪明目张胆，横行无忌，抢劫绑架，吓诈钱财，几乎天天耳有所闻，稍有余资的人，没有一个不是栗栗危惧。我本不是富裕人家，只因这几年来，生活比较好些，一家人糊得上嘴，吃得饱肚子，附近的坏人歹徒，看着不免眼红，遂有人散布谣言，说是："芝木匠发了财啦！去绑他的票！"一般心存忌嫉、幸灾乐祸的人，也跟着起哄，说："芝木匠这几年，确有被绑票的资格啦！"我听了这些威吓的话，家里怎敢再住下去呢？趁着邻居不注意的时候，悄悄地带着家人，匿居在紫荆山下的亲戚家里。那边地势偏僻，只有几间矮小的茅屋，倒是个避乱的好地方。我住下以后，隐姓埋名，时刻提防，唯恐给人知道了，发生麻烦。那时的苦况，真是一言难尽。我在《诗草》的自叙中，说过几句话："吞声草莽之中，夜宿于露草之上，朝餐于苍松之阴，时值炎夏，浃背汗流，绿蚁苍蝇共食，野狐穴鼠为邻，殆及一年，骨如柴瘦，所稍胜于枯柴者，尚多两目而能四顾，目睛莹莹然而能动也。"到此地步，才知道家乡虽好，不是安居之所。我答朋友的诗，有两句说：

借山亦好时多难，欲乞燕台葬画师。

打算从明年起，往北京定居，到老死也不再回家乡来住了。

民国八年（己未，1919年），我五十七岁。三月初，我第三次来到北京。那时，我乘军队打着清乡旗号，土匪暂时敛迹的机会，离开了家乡。离家之时，我父亲年已八十一岁，母亲七十五岁。两位老人知道我这一次出门，不同以前的几次远游，定居北京，以后回来，把家乡反倒变为作客了。因此再三叮咛，希望时局安定些，常常回家看看。春君舍不得扔掉家乡一点薄产，情愿带着儿女，株守家园，说：她是个女人，留在乡间，见机行事，谅无妨害，等我在京谋生，站稳脚跟，她就往来京湘，也能时时见面。并说：我只身在外，一定感觉不很方便，劝我置一副室，免得客中无人照料。春君处处为我设想，体贴入微，我真有说不出的感激。当时正值春雨连绵，借山馆前的梨花，开得正盛，我的一腔别离之情，好像雨中梨花，也在替人落泪。登上了火车，沿途风景，我无心观看，心潮起伏不定，说不出是怎样滋味。我在诗草的自叙中说："过黄河时，乃幻想曰，安得手有嬴氏赶山鞭，将一家草木，过此桥耶！"我留恋着家乡，而又不得不避祸远离，心里头真是难受得很哪！

到了北京，仍住法源寺庙内，卖画刻印，生涯并不太好，那时物价低廉，勉强还可以维持生计。每到夜晚，想起父母、妻子、亲戚朋友，远隔千里，不能聚首一处，辗侧枕上，往往通宵睡不着觉，忧愤之余，只有作些小诗，解解心头的闷气。曾记在家临别，藤萝正开，小园景色，常在脑海里盘旋，一刻都忘它不掉。我补作了一诗：

春园初暖闹蜂衙，天半垂藤散紫霞。
雷电不行笳鼓震，好花时节上京华。

到了中秋节边，春君来信说：她为了我在京成家之事，即将来京布置，嘱我预备住宅。我托人在右安门内，陶然亭附近，龙泉寺隔壁，租到几间房，搬了进去，这是我在北京正式租房的第一次。不久，春君来京，给我聘到副室胡宝珠，她是光绪二十八年壬寅八月十五中秋节生的，小名叫作桂子，时年十八岁。原籍四川酆都县转斗桥胡家冲，父亲名以茂，是个篾匠，有一个胞姊，嫁给朱氏，还有一个胞弟，名叫海生。冬间，听说湖南又有战事，春君挂念家园，急欲回去，我遂陪她同行。起程之时，我作了一首诗，中有句云：

　　　　　愁似草生删又长，盗如山密铲难平。

那时，我们家乡，兵匪不分，群盗如毛，我的诗，虽是志感，也是纪实。

　　民国九年（庚申，1920 年），我五十八岁。春二月，我带着三子良琨，长孙秉灵，来京就学。那年，良琨十九岁，秉灵十五岁。刚出家门，走到莲花山下，逢着大雨，附近有一人家，是我们从前的邻居，三人到他家去避雨，雨停了再走。我是出门惯的，向来不觉旅行之苦，此次带了儿孙，不免有些累赘了。我有诗纪事：

　　　　　不解吞声小阿长，携家北上太仓皇。
　　　　　回头有泪亲还在，咬定莲花是故乡。

　　到北京后，因龙泉寺僻处城南，交通很不方便，又搬到宣武门内石镫庵去住。我从法源寺搬到龙泉寺，又从龙泉寺搬到石镫庵，连搬三处，都是住的庙产，可谓与佛有缘了。戏题一诗：

　　　　　法源寺徙龙泉寺，佛号钟声寄一龛。
　　　　　谁识画师成活佛，槐花风雨石镫庵。

　　刚搬去不久，直皖战事突起，北京城内，人心惶惶，郭葆生在帅府园六号租到几间房子，邀我同去避难，我带着良琨、秉灵，祖孙父子二人，一同去住。帅府园离东交民巷不远，东交民巷有各国公使馆，附近一带，号称保卫界。我当时作了一首诗：

　　　　　石镫庵里胆惶惶，帅府园间竹叶香。
　　　　　不有郭家同患难，乱离谁念寄萍堂。

　　战事没有几天就停了，我搬回西城。只因石镫庵的老和尚，养着许多鸡犬，鸡啼犬吠之声，不绝于耳，我早想另迁他处。恰好宝珠托人找到了新址，战事停止后，我们全家，就搬到象坊桥观音寺内。不料观音寺的佛事很忙，佛号钟声，昼夜不断，比石镫庵更加嘈杂得多。住了不到一个月，又迁到西四牌楼迤南三道栅栏六号，才算住得安定些。从此我的住所，与庙绝缘了。记得你我相识，是我住在石镜庵的时候。在此以前，我访尊公闲谈，去过你家多次，那时你上学去了，总没见着，直到你来石庵，我们才会了面。年月过得好快，一晃已是几十年哪！（次溪按：那年初夏，我随先君同到石庵去的，时年十二岁。）

　　我那时的画，学的是八大山人冷逸的一路，不为北京人所喜爱，除了陈师曾以外，懂得我画的人，简直是绝无仅有。我的润格，一个扇面，定价银币两元，比同时一般画家的价码便宜一半，尚且很少人来问津，生涯落寞得很。我自题花果画册的诗，有句说：

　　　　　冷逸如雪个，游燕不值钱。

雪个是八大山人的别号，我的画，虽是追步八大山人，自谓颇得神似，但在北京，确是不很值钱的哩。师曾劝我自出新意，变通办法，我听了他话，自创红花墨叶的一派。我画梅花，本是取法宋朝杨补之（无咎）。同乡尹和伯（金阳），在湖南画梅是最有名的，他就是学的杨补之，我也参酌他的笔意。师曾说："工笔画梅，费力不好看。"我又听了他的话，改换画法。同乡易蔚儒（宗夔）是众议院的议员，请我画了一把团扇，给林琴南看见了，大为赞赏，说："南吴北齐，可以媲美。"他把吴昌硕跟我相比，我们的笔路，倒是有些相同的。经易蔚儒介绍，我和林琴南交成了朋友。同时我又认识了徐悲鸿、贺履之、朱悟园等人。我的同乡老友黎松安，因他儿子劭西在教育部任职，也来到北京，和我时常见面。

我跟梅兰芳认识，就在那一年的下半年。记得是在九月初的一天，齐如山来约我同去的。兰芳性情温和，礼貌周到，可以说是恂恂儒雅。那时他住在前门外北芦草园，他书斋名"缀玉轩"，布置得很讲究，听说外国人也常去访他的。他家里种了不少的花木，有许多是外间不经见的。光是牵牛花就有百来种样式，有的开着碗般大的花朵，真是见所未见，从此我也画上了此花。当天兰芳叫我画草虫给他看，亲自给我磨墨理纸，画完了，他唱了一段《贵妃醉酒》，非常动听。同时在座的，还有两人：一是教他画梅花的汪蔼士，跟我也是熟人。一是福建人李释堪（宣倜），是教他作诗词的，释堪从此也成了我的朋友。

有一次，我到一个大官家去应酬，满座都是阔人，他们看我衣服穿得平常，又无熟友周旋，谁都不来理睬。我窘了半天，自悔不该贸然而来，讨此没趣。想不到兰芳来了，对我很恭敬地寒暄了一阵，座客大为惊讶，才有人来和我敷衍，我的面子，总算圆了回来。事后，我很经意地画了一幅《雪中送炭图》，送给兰芳，题了一诗，有句说：

> 而今沦落长安市，幸有梅郎识姓名。

势利场中的炎凉世态，是既可笑又可恨的。

民国十年（辛酉，1921年），我五十九岁。夏午诒在保定，来信邀我去过端阳节，同游莲花池，是清末莲池书院旧址，内有朱藤，十分茂盛。我对花写照，画了一张长幅，住了三天回京。秋返湘潭，重阳到家，父母双亲都康健，心颇安慰。九月十五日得良琨从北京发来电报，说秉灵病重，我同春君立刻动身北行。路过长沙，得良琨信，说秉灵病已轻减，到汉口，又接到信说，病已脱离险境，可以无碍。我才放宽了心，复信给良琨，称赞他办事周密。回到北京，秉灵的病，果然好了。

腊月二十日，宝珠生了个男孩，取名良迟，号子长，这是宝珠的头一胎，我的第四个儿子。那年宝珠才二十岁，春君因她年岁尚轻，生了孩子，怕她不善抚育，就接了过来，亲自照料。夜间专心护理，不辞辛劳，孩子饿了，抱到宝珠身边喂乳，喂饱了又领去同睡。冬令夜长，一宵之间，冒着寒威，起身好多次。这样的费尽心力，爱如己出，真是世间少有，不但宝珠知恩，我也感激不尽。

民国十一年（壬戌，1922年），我六十岁，春，陈师曾来谈：日本有两位著名画家，荒木十亩和渡边晨亩，来信邀他带着作品，参加东京府厅工艺馆的中日联合会画展览会，他叫我预备几幅画，交他带到日本去展览出售。我在北京，卖画生涯，本不甚好，难得师曾这样热心，有此机会，当然乐于遵从，就画了几幅山水，交他带去。

师曾行后，我送春君回到家乡，住了几天，我到长沙，已是四月初夏之时了。初八那天，在同族逊园家里，见到我的次女阿梅，可怜四年不见，她憔悴得不成样子。她自嫁到宾氏，同夫婿不很和睦，逃避打骂，时常住在娘家，有时住在娘家的同族或亲戚处。听说她的夫婿，竟发了疯，拿着刀想杀害她，幸而跑得快，躲在邻居家，才保住性命。她屡次望我回到家乡来住，我始终没有答允她。此番相见，说不出有许多愁闷，我作了两首诗，有句说：

"赤绳勿太坚，休误此华年！"

我是婉劝她另谋出路，除此别无他法。

那时张仲飏已先在省城，尚有旧友胡石庵、黎戬斋等人，杨皙子的胞弟重子，名钧，能写隶书，也在一起。我给他们作画刻印，盘桓了十来天，就回到北京。

陈师曾从日本回来，带去的画，统都卖了出去，而且卖价特别丰厚。我的画，每幅就卖了一百元银币，山水画更贵，二尺长的纸，卖到二百五十元银币。这样的善价，在国内是想也不敢想的，还说法国人在东京，选了师曾和我两人的画，加入巴黎艺术展览会。日本人又想把我们两人的作品和生活状况拍摄电影，在东京艺术院放映。这都是意想不到的事。我作了一首诗，作为纪念：

曾点胭脂作杏花，百金尺纸众争夸。

平生羞杀传名姓，海国都知老画家。

经过日本展览以后，外国人来北京买我画的很多。琉璃厂的古董鬼，知道我的画，在外国人面前，卖得出大价，就纷纷求我的画，预备去做投机生意。一般附庸风雅的人，听说我的画能值钱，也都来请我画了。从此以后，我的卖画生涯，一天比一天兴盛起来。这都是师曾提拔我的一番厚意，我是永远忘不了他的。

长孙秉灵，肄业北京法政专门学校，成绩常列优等，去年病后，本年五月又得了病，于十一月初一日死了，年十七岁。回想在家乡时，他才十岁左右，我在借山馆前后，移花接木，他拿着刀凿，跟在我身后，很高兴地帮着我，当初种的梨树，他尤出力不少。我悼他的诗，有云：

> 梨花若是多情种，应忆相随种树人。

秉灵的死，使我伤感得很。

民国十二年（癸亥，1923年），我六十一岁。从本年起，我开始作日记，取名《三百石印斋纪事》。只因性懒善忘，随着好几天，才记上一回。因此，日子不能连贯，自己看来，聊胜于无而已。中秋节后，我从三道栅栏迁至太平桥高岔拉一号，在辟才胡同西口迤南，沟沿的东边。（次溪按：高岔拉现称高华里，沟沿早已填平，现称赵登禹路。）搬进去后，我把早先湘绮师给我写的"寄萍堂"横额挂在屋内。附近有条胡同，名叫鬼门关（次溪按：鬼门关现称贵门关），听说明朝时候，那里是刑人的地方。我作的寄萍堂诗，有两句：

> 马面牛头都见惯，寄萍堂外鬼门关。

当我在三道栅栏迁出之先，记得是七月二十四日那天，陈师曾来，说他要到大连去。不料我搬到高岔拉后不久，得到消息：师曾在大连接家信，奔继母丧，到南京去，八月初七日得痢疾死了。我失掉一个知己，心里头感觉到异常空虚，眼泪也就止不住地流了下来。我作了几首悼他的诗，有句说：

> 哭君归去太匆忙，朋友寥寥心益伤。
>
> 君我有才招世忌，谁知天亦厄君年。
>
> 此后苦心谁识得，黄泥岭上数株松。

北京旧有一种风气，附庸风雅的人，常常招集画家若干人，在家小饮，预先备好了纸笔画碟，请求合作画一手卷或一条幅，先动笔的，算是这幅画的领袖，在报纸上发表姓名，照例是写在第一名。师曾逢到这种场面，并不谦逊，往往拿起笔来，首先一挥。有的人对他很不满意，他却旁若无人，依然谈笑风生。自他死后，我怀念他生前的豪情逸致，不可再见，实觉怅惘之至，曾有"樽前夺笔失斯人"的诗句。他对于我的画，指正的地方很不少，我都听从他的话，逐步地改变了。他也很虚心地采纳了我的浅见，并不厌恶我的忠告。我有"君无我不进，我无君则退"两句诗，可以概见我们两人的交谊。可惜他只活了四十八岁，这是多么痛心的事啊！

那年十一月十一日，宝珠又生了一个男孩，取名良已，号子泷，小名迟迟。这是我第五个儿子，宝珠生的次子。

民国十三年（甲子，1924 年），我六十二岁。十四年（乙丑，1925 年），我六十三岁。良琨这几年跟我学画，在南纸铺里也挂上了笔单，卖画收入的润资，倒也不少，足可自立谋生。儿媳张紫环能画梅花，倒也很有点笔力。因为高岔拉房子不够宽敞，良琨在象坊桥租到了几间房，于甲子年八月初，分居到那边，我给了他一百元的迁居费。到了冬天，他又搬到南闹市口，离我住的高岔拉，并不太远，他和我常相来往。

乙丑年的正月，同乡宾恺南先生从湘潭到北京，我在家里请他吃饭，邀了几位同乡作陪。恺南名玉瓒，是癸卯科的解元，近年来喜欢研究佛学。席间，有位同乡对我说："你的画名，已是传遍国外，日本是你发祥之地，离我们中国又近，你何不去游历一趟，顺便卖画刻印，保管名利双收，饱载而归。"我说："我定居北京，快过九个年头啦！近年在国内卖画所得，足够我过活，不比初到京时的门可罗雀了。我现在饿了，有米可吃，冷了，有煤可烧，人生贵知足，糊上嘴，就得了，何必要那么多钱，反而自受其累呢！"恺南听了，笑着对我说："濒生这几句话，大可以学佛了！"他就跟我谈了许多禅理。

二月底，我生了一场大病，七天七夜，人事不知，等到苏醒回来，满身无力，痛苦万分。足足病了一个来月，才能起坐。当我病亟时，自己忽然痴想："六十三岁的火炕，从此说算过去了吗？"幸而没有死，又活到了现在。

那年，梅兰芳正式跟我学画草虫，学了不久，他已画得非常生动。

民国十五年（丙寅，1926 年），我六十四岁，春初，回南探视双亲，到了长沙，听说家乡一带，正有战事，道路阻不得通。耽了几天，无法可想，只得折回，从汉口坐江轮到南京，乘津浦车经天津回到北京，已是二月底了。隔不了十几天，三月十五日，忽接我长子良元来信，说我母亲病重，恐不易治，要我汇款济急。我打算立刻南行，到家去看看，听得湘鄂一带，战火弥漫，比了上月，形势更紧，我不能插翅飞去，心里焦急如焚，不得已于十六日汇了一百元给良元，我定居北京以来，天天作画刻印，从未间断，这次因汇款之后，一直没有再接良元来信，心乱如麻，不耐伏案，任何事都停顿下来了。到四月十九日，才接良元信，说我母亲于三月初得病，延至二十三日巳时故去，享年八十二岁。弥留时还再三地问："纯芝回来了没有？我不能再等他了！我没有看见纯芝，死了还悬悬于心的啊！"我看了此信，眼睛都要哭瞎了。既是无法奔丧，只可立即设了灵位，在京成服。这样痛心的事，岂是几句话说得尽的。总而言之，我漂流在外，不能回去亲视含殓，简直不成为人子，不孝至极了。

我母亲一生，忧患之日多，欢乐之日少。年轻时，家境困苦，天天为着柴米油盐发愁，里里外外，熬尽辛劳。年将老，我才得成立，虚名传播，生活略见宽裕，母亲心里高兴了些，体气渐渐转强。本来她时常闹病，那时倒可以起床，不经医治，病也自然地好了。后因我祖母逝世，接着我六弟纯俊，我长妹和我长孙，先后夭亡，母亲连年哭泣，哭得两眼眶里，都流出了血，从此身体又见衰弱了。七十岁后，家乡兵匪作乱，几乎没有一天过得安靖日子。我因有了一口饭吃，地痞流氓，逼得我不敢在家乡安居，漂流在北京，不能在旁侍奉，又不能迎养到京，心悬两地，望眼欲穿。今年春初，我到了长沙，离家只有百里，又因道阻，不能到家一见父母，痛心之极。我作了一篇《齐璜母亲周太君身世》一文，也没有说得详尽。

七夕那天，又接良元来信，说我父亲六月初得了寒火症，隔不多久，病渐好转，已能进饭，忽然病又反复，病得非常危险，任何东西，都咽不进去，我得信后，心想父亲已是八十八岁了，母亲又已故去，虽有春君照顾着他，总得回家去看看，才能放心。只因湘鄂两省正是国民革命军和北洋军阀激战的地方，一层一层的战线，无论如何是通不过去的。要想绕道广东，再进湖南。探听得广东方面，大举北伐，沿途兵车拥挤，亦难通行。株守北京，一点办法都没有，心里头同油煎似的，干巴巴地着急。八月初三夜间，良元又寄来快信，我猜想消息不一定是好的，眼泪就止不住地直淌下来。急忙拆信细看，我的父亲已于七月初五日申时逝世。当时脑袋一阵发晕，耳朵嗡嗡地直响，几乎晕了过去。也就在京布置灵堂，成服守制。在这一年之内，连遭父母两次大故，孤儿哀子的滋味，真觉得活着也无甚兴趣。我亲到樊樊山那里，求他给我父母各写墓碑一纸，又各做像赞一篇，按照他的卖文润格，送了他一百二十多元的笔资。我这为子的，对于父母，只尽了这么一点心力，还能算得是个人吗？想起来，心头非但惨痛，而且也惭愧得很哪！那年冬天，我在跨车胡同十五号，买了一所住房，离高岔拉很近，相差不到一百米步，就在年底，搬了进去。

民国十六年（丁卯，1927 年），我六十五岁。北京有所专教作画和雕塑的学堂，是国立的，名称是艺术专门学校，校长林风眠，请我去教中国画。我自问是个乡巴佬出身，到洋学堂去当教习，一定不容易搞好的。起初，不敢答允，林校长和许多朋友，再三劝驾，无可奈何，只好答允去了，心里总多少有些别扭。想不到校长和同事们，都很看得起我，有一个法国籍的教师，名叫克利多，还对我说过：他到了东方以后，接触过的画家，不计其数，无论中国、日本、印度、南洋，画得使他满意的，我是头一个。他把我恭维得了不得，我真是受宠若惊了。学生们也都佩服我，逢到我上课，都是很专心地听我讲，看我画，一点没有洋学堂的学生动不动就闹脾气的怪事，我也就很高兴地教下去了。

民国十七年（戊辰，1928 年），我六十六岁。北京官僚，暮气沉沉，比着前清末年，更是变本加厉。每天午后才能起床，匆匆到署坐一会儿，谓之上衙门，没有多大工夫，就纷纷散了。晚间，酒食征逐之外，继以嫖赌，不到天明不归，最早亦须过了午夜，方能兴尽。我看他们白天不办正事，竟睡懒觉，画了两幅鸡，题有诗句：

> 天下鸡声君听否？长鸣过午快黄昏。
> 佳禽最好三缄口，啼醒诸君日又西。

像这样的腐败习气，岂能有持久不败的道理，所以那年初夏，北洋军阀整个儿垮了台，这般懒虫似的旧官僚，也就跟着树倒猴儿散了。

广东搞出来的北伐军事，大获胜利，统一了中国，国民革命军到了北京，因为国都定在南京，把北京称作北平。艺术专门学校改称艺术学院，我的名义，也改称为教授。木匠当上了大学教授，跟十九年以前，铁匠张仲飏当上了湖南高等学堂的教务长，总算都是我们手艺人出身的一种佳话了。

九月初一日，宝珠生了个女孩，取名良欢，乳名小乖。我长子良元，从家乡来到北京，探问我起居，并报告了许多家乡消息，我五弟纯隽，在这次匪乱中死去，年五十岁，听了很觉凄然。我作了幅画，纪念我五弟，题了一首诗，开首两句说：

> 惊闻故乡惨，客里倍伤神。

作客在外，又是老年暮景，怀乡之念，当然是很深的。听到家乡乱事，而况骨肉凋零，更不会不加倍伤神的了。我的《借山吟馆诗草》，是那年秋天印行的。

民国十八年（己巳，1929年），我六十七岁。十九年（庚午，1930年），我六十八岁。二十年（辛未，1931年），我六十九岁。在我六十八岁时，二弟纯松在家乡死了，他比我小四岁，享年六十四岁。

老年弟兄，又去了一个。同胞弟兄六人，现存三弟纯藻、四弟纯培两人，连我仅剩半数了，伤哉！辛未正月二十六日，樊樊山逝世于北平，我又少了一位谈诗的知己，悲悼之怀，也是难以形容。三月十一日，宝珠又生了个女孩，取名良止，乳名小小乖。她的姊姊良欢，原来乳名小乖，添了良止，就叫大小乖了。

那年九月十八日，是阴历八月初七日，日本军阀偷袭沈阳，大规模地发动侵略，我在第二天的早晨，看了报载，气愤万分。后来报纸登载的东北消息，一天坏似一天，亡国之祸，迫在眉睫。人家都说，华北处在国防最前线，平津一带，岌岌可危，很多人劝我避地南行。但是大好河山，万方一概，究竟哪里是乐土呢？我这个七十老翁，草间偷活，还有什么办法可想！只好得过且过，苟延残喘了。重阳那天，黎松安来，邀我去登高。我们在此时候，本没有这种闲情逸兴，却因古人登高，原是为了避灾，我们盼望国难早日解除，倒也可以牵缀上登高的意义。那时宣武门拆除瓮城，我们登上了宣武门城楼，东望炊烟四起，好像遍地是烽火，两人都有说不出的感慨。游览了一会，算是应了重阳登高的节景。我作了两首诗，有句说：

莫愁天倒无撑着，犹峙西山在眼前。

因为有许多人，妄想倚赖国联调查团的力量，抑制日本军阀的侵略，我知道这是与虎谋皮，怎能靠得住呢？所以作了这两诗，去讽刺他们的。

那年，我长子良元，得了孙子，是他次子次生所生的孩子，取名耕夫，那是我的曾孙，我的家庭，已是四代同堂的了。我自担任艺术学院教授，除了艺院学生之外，以个人名义拜我为师的也很不少。门外瑞光和尚，从阜成门外衍法寺住持，调进城内，在广安门内烂缦胡同莲花寺当住持，已有数年，常到我处闲谈。他画的山水，学大涤子很得神髓，在我的弟子中，确是一个杰出的人才，人都说他是我的高足，我也认他是我最得意的门人。有一年重阳，北平的许多名流，在德胜门内积水潭汇通祠登高雅集，瑞光也被邀参加，当场画了一幅《寒碧登高图》，诸名流都有题咏，他的画名，就远近都知了。我的学生邱石冥，任京华美术专门学校校长，请我去兼课，我已兼任了不少日子。曾向石冥推荐瑞光去任教，石冥深知瑞光的人品和他的画格，表示十分欢迎。京华美专原是一所私立学校，权力操在校董会手里，有一个姓周的校董，是个官僚，不知跟瑞光为了什么原因，竭力地反对，石冥不能做主，只得作罢。为了这件事，我心里很不高兴，本想我也辞职不干，石冥苦苦挽留，不便扫他的面子，就仍勉强地兼课下去。同时，尚有两人拜我为师：一是赵羡渔，名铭箴，山西太谷人，是个诗家，书底子深得很；一是方问溪，名俊章，安徽合肥人，他的祖父方星樵，名秉忠，和我是朋友，是个很著名的昆曲家。问溪家学渊源，也是个戏曲家兼音乐家，年纪不过二十来岁。他的姑丈是京剧名伶杨隆寿之子长喜，梅兰芳的母亲，是杨长喜的胞妹，问溪和兰芳是同辈的姻亲，可算得是梨园世家。（次溪按：问溪死得很早，大概不到十年，就故去了。）

你（次溪按：老人说的"你"，指的是我）家的张园，在左安门内新西里三号，原是明朝袁督师崇焕的故居，有听雨楼古迹。尊公篁溪学长在世时，屡次约我去玩，我很喜欢那个地方，虽在城市，大有山林的意趣。西望天坛的森森古柏，一片苍翠欲滴，好像近在咫尺。天气晴和的时候，还能看到翠微山峰，高耸云际。远山近林，简直是天开画屏，百观不厌。有时雨过天晴，落照残虹，映得天半朱霞，绚烂成绮。这样的景色，不是空旷幽静的地方，是不能见到的。附近小溪环绕，点缀着几个池塘，绿水涟漪，游鱼可数。溪上阡陌纵横，稻粱蔬果之外，豆棚瓜架，触目皆是。叱犊呼耕，戽水耕田，俨然江南水乡风景，北地实所少见，何况在这万人如海的大都市里呢？我到了夏天，常去避暑。记得辛未那年，你同尊公特把后跨西屋三间，让给我住，又划了几丈空地，让我莳花种菜，我写了一张"借山居"横额，挂在屋内。我在那里绘画消夏，得气之清，大可以洗涤身心，神思自然就健旺了。

那时令弟仲葛、仲麦，还不到二十岁，暑期放假，常常陪伴着我，活泼可喜。我看他们扑蝴蝶，捉蜻蜓，扑捉到了，都给我做了绘画的标本。清晨和傍晚，又同他们观察草丛里虫豸跳跃，池塘里鱼虾游动，种种姿态，也都成我笔下的资料。我当时画了十多幅草虫鱼虾，都是在那里实地取材的。还画过一幅多虾图，挂在借山居的墙壁上面，这是我生平画虾最得意的一幅。

（次溪按：袁督师故宅，清末废为民居，墙垣欹侧，屋宇毁败，萧条之景，不堪寓目。民国初元，先君出资购置，修治整理，添种许多花木，附近的人，称之为张园。先君逝世后，时局多故，庭园又渐见荒芜。一九五八年我为保存古迹起见，征得舍弟同意，把这房地捐献给政府，今归龙潭公园管理。）

袁督师故居内，有他一幅遗像，画得很好，我曾临摹了一幅。离故居的北面不远，有袁督师庙，听说也是尊公出资修建的，庙址相传是督师当年驻兵之所。东面是池塘，池边有篁溪钓台，是尊公守庙时游息的地方，我和尊公在那里钓过鱼。庙的邻近，原有一座法塔寺，寺已废圮，塔尚存在。再北为太阳宫，内祀太阳星君，据说三月十九为太阳生日，早先到了那天，用糕祭他，名为太阳糕。我所知道的：三月十九是明朝崇祯皇帝殉国的日子，明朝的遗老，在清朝初年，身处异族统治之下，怀念故国旧君，不敢明言，只好托名太阳，太阳是暗切明朝的"明"字的意思。相沿了二百多年，到民初才罢祀，最近连太阳糕也很少有人知道的了。

太阳宫的东北，是袁督师墓，每年春秋两祭，广东同乡照例去扫墓，尊公每届必到，也曾邀我去参拜过的。我在张园住的时候，不但袁督师的遗迹都已瞻仰过了，就连附近万柳堂、夕照寺、卧佛寺等许多名胜，也都游览无遗。万柳堂在清初是著名的，现在柳树已无一存，它邻近的拈花寺，地方倒很清静。夕照寺地址很小，内有陈松画的松树，在庙里的右壁上面，画得苍老挺拔，确是一幅名画。卧佛寺在袁督师墓的西边，相距很近，听说写《红楼梦》的曹雪芹，晚年家道中落，曾在那里住过一时，我根据你作的《过雪芹故居》的诗句"红楼梦断寺门寒"，画了一幅《红楼梦断图》。（次溪按：这幅图我后来不慎遗失了）我连日游览，贤父子招待殷勤，我也是很感谢的。我在《张园春色图》和后来画的《葛园耕隐图》上题的诗句，都是我由衷之言，不是说着空话，随便恭维的。我还把照像留在张园借山居墙上，示后裔的诗说：

后裔倘贤寻旧迹，张园留像葬西山。

这首诗，也可算作我的预嘱哪！（次溪按：《张园春色图》和《钓虾图》，今存中央历史博物馆，《葛园耕隐图》今存广东省博物馆。）

民国二十一年（壬申，1932 年），我七十岁。正月初五日，惊悉我的得意门人瑞光和尚死了，他是光绪四年戊寅正月初八日生的，享年五十五岁。他的画，一生专摹大涤子，拜我为师后，常来和我谈画，自称学我的笔法，才能画出大涤子的精意。我题他的画，有句说：

> 画水钩山用意同，老僧自道学萍翁。

我对于大涤子，本也生平最所钦服的，曾有诗说：

> 下笔谁教泣鬼神，二千余载只斯僧。
> 焚香愿下师生拜，昨夜挥毫梦见君。

我们两人的见解，原是并不相背的。他死了，我觉得可惜得很，到莲花寺里去哭了他一场，回来仍是郁郁不乐。我想，人是早晚要死的，我已是七十岁的人了，还有多少日子可活！这几年，卖画教书，刻印写字，进款却也不少，风烛残年，很可以不必再为衣食劳累了，就自己画了一幅《息肩图》，题诗说：

> 眼看朋侪归去拳，那曾把去一文钱。
> 先生自笑年七十，挑尽铜山应息肩。

可是画了此图，始终没曾息肩，我劳累了一生，靠着双手，糊上了嘴，看来，我是要劳累到死的啦！

自沈阳沦陷后，锦州又告失守，战火迫近了榆关、平津一带，人心浮动，富有之家，纷纷南迁。北平市上，敌方人员，往来不绝，他们慕我的名，时常登门来访，有的送我些礼物，有的约我去吃饭，还有请我去照相，目的是想白使唤我，替他们拼命去画，好让他们带回国去赚钱发财。我不胜其烦，明知他们诡计多端，内中是有肮脏作用的。况且我虽是一个毫无能力的人，多少总还有一点爱国心，假使愿意去听从他们的使唤，那我简直对不起我这七十岁的年纪了。因此在无办法中想出一个办法：把大门紧紧地关上，门里头加上一把大锁，有人来叫门，我先在门缝中看清是谁，能见的开门请进，不愿见的，命我的女仆，回说"主人不在家"，不去开门，他们也就无法进来，只好扫兴地走了。这是不拒而拒的妙法，在他们没有见着我之时，先给他们一个闭门羹，否则，他们见着了我，当面不便下逐客令，那就脱不掉许多麻烦了。冬，因谣言甚炽，门人纪友梅在东交民巷租有房子，邀我去住，我住了几天，听得局势略见缓和，才又回了家。

我早年跟胡沁园师学的是工笔画，从西安归来，因工笔画不能畅机，改画大写意。所画的东西，以日常能见到的为多，不常见的，我觉得虚无缥缈，画得虽好，总是不切实际。我题画葫芦诗说："几欲变更终缩手，舍真作怪此生难。"不画常见的而去画不常见的，那就是舍真作怪了。我画实物，并不一味地刻意求似，能在不求似中得似，方得显出神韵。我有句说："写生我懒求形似，不厌声名到老低。"所以我的画，不为俗人所喜，我亦不愿强合人意，有诗说："我亦人间双妙手，搔人痒处最为难。"我向来反对宗派拘束，曾云："逢人耻听说荆关，宗派夸能却汗颜。"也反对死临死摹，又曾说过："山外楼台云外峰，匠家千古此雷同。""一笑前朝诸巨手，平铺细抹死功夫。"因之，我就常说："胸中山气奇天下，删去临摹手一双。"赞同我这见解的人，陈师曾是头一个，其余就算瑞光和尚和徐悲鸿了。

我画山水，布局立意，总是反复构思，不愿落入前人窠臼。五十岁后，懒于多费神思，曾在润格中订明不再为人画山水，在这二十年中，画了不过寥寥几幅。本年因你给我编印诗稿，代求名家题词，我答允各作一图为报，破例画了几幅，如给吴北江（闿生）画的《莲池讲学图》，给杨云史（圻）画的《江山万里楼图》，给赵幼梅（元礼）画的《明灯夜雨楼图》，给宗子威画的《辽东吟馆谈诗图》，给李释堪（宣倜）画的《握兰簃填词图》，这几幅图，我自信都是别出心裁，经意之作。

民国二十二年（癸酉，1933年），我七十一岁。你给我编的《白石诗草》八卷，元宵节印成，这件事，你很替我费了些心，我很感谢你的。我在戊辰年印出的《借山吟馆诗草》，是用石版影印我的手稿，从光绪壬寅到民国甲寅十二年间所作，收诗很少。这次的《白石诗草》，是壬寅以前和甲寅以后做的，曾经樊樊山选定，又经王仲言重选，收的诗比较多。我题词说："诽誉百年谁晓得，黄泥堆上草萧萧。"我的诗，写我心里头想说的话，本不求工，更无意学唐学宋，骂我的人固然很多，夸我的人却也不少。从来毁誉是非，并时难下定论，等到百年以后，评好评坏，也许有个公道，可是我在黄土垅中，已听不见、看不着的了。谈到文字知己，倒也常常遇着，就说住在苏州的吴江金松岑（天翮）吧，经你介绍，我开始和他通讯。最近你受人之托，求他作传，他回信拒绝，并说：像齐白石这样的人，才不辱没他的文字。他这样地看重我，我读了他给你的信，真是感激之余，喜极欲涕。我把一生经历，说给你听，请你笔录下来，寄给他替我做传记的资料。

我的刻印，最早是走的丁龙泓、黄小松一路，继得《二金蝶堂印谱》，乃专攻赵㧑叔的笔意。后见《天发神谶碑》，刀法一变，又见《三公山碑》，篆法也为之一变。最后喜秦权，纵横平直，一任自然，又一大变。光绪三十年以前，摹丁、黄时所刻之印，曾经拓存，湘绮师给我作过一篇序。民国六年（丁巳），家乡兵乱，把印拓全部失落，湘绮师的序文原稿，藏在墙壁内，幸得保存。十七年（戊辰），我把丁巳后在北京所刻的，拓存四册，仍用湘绮师序文，刊在卷前，这是我定居北京后第一次拓存的印谱。本年我把丁巳以后所刻三千多方印中，选出二百三十四印，用朱砂泥亲自重行拓存。内有因求刻的人促迫取去，只拓得一二页，制成锌版充数的。此次统都剔出，另选我最近所刻自用的印加入，凑足原数，仍用湘绮师原序列于卷首，这是我在北京第二次所拓的印谱，又因戊辰年第一次印谱出书后，外国人购去印拓二百方，按此二百方，我已无权再行复制，只得把庚午、辛未两年所刻的拓本，装成六册，去年今年刻得较少，拓本装成四册，合计十册，这是我第三次拓的印谱。

三月，见报载，日军攻战热河、平津一带，深受威胁，人心很感恐慌。五月，塘沽协定成立，华北主权丧失殆尽。春夏间，北平谣诼繁兴，我承门人纪友梅的关切，邀我到他的东交民巷寓所去避居，住了二十来天，听说风声松了一点，承尊公厚意见招，又到你家张园小住。前年我画的那幅《多虾图》，仍在借山居的墙上挂着，我补题了几句："星塘，予之生长处也，春水涨时，多大虾，予少小时，以棉花为饵，戏钓之。今越六十余年，故予喜画虾，未除儿时嬉弄气耳。今次溪仁弟于燕京江擦门内买一园，名曰张园，园西有房数间，分借与予，为借山居，予画此，倩吾贤置之借山居之素壁。"八月十三日你的嘉期，是我同吴北江两人证婚。你的夫人徐肇琼，画蝴蝶很有点功力，你怂恿她拜在我门下，"人之患好为人师"，既然贤伉俪出于一片至诚，我也就受之不辞了。

冬十二月二十三日，是我祖母马孺人一百二十岁冥诞之期。我祖母于光绪二十七年辛丑十二月十九日逝世，至今已过了三十二个周年了。她生前，我没有多大的力量好好地侍奉，至今觉得遗憾得很。现在逢到她的冥诞，又是百二十岁的大典，理应稍尽寸心。那天在家，延僧诵经，敬谨设祭。到了夜晚，焚化冥镪时，我另写了一张文启，附在冥镪上面，一起焚掉。文启说：

> 祖母齐母马太君，今一百二十岁，冥中受用，外神不得强得。今长孙年七十一岁，避匪难，居燕京，有家不能归，将至死不能扫祖母之墓，伤心哉！

想起千里游子，远别故乡庐墓，望眼天涯，黯然魂销。况我垂暮之年，来日苦短，旅怀如织，更是梦魂难安。

民国二十三年（甲戌，1934年），我七十二岁。我在光绪十八年（壬辰）三十三岁时，所刻的印章，都是自己的姓名，用在诗画方面而已。刻的虽不多，收藏的印石，却有三百来方，我遂自名为"三百石印斋"。至民国十一年（壬戌）我六十岁时，自刻自用的印章多了，其中十分之二三，都是名贵的佳石。可惜这些印石，留在家乡，在丁卯、戊辰两年兵乱中，完全给兵匪抢走，这是我生平莫大的恨事。民国十六年（丁卯）以后，我没曾回到家乡去过，在北平陆续收购的印石，又积满了三百方，三百石印斋倒也名副其实，只是石质却没有先前在家乡失掉的好了。上年罗祥止来，向我请教刻印的技法，求我当场奏刀。我把所藏的印石，一边刻给他看，一边讲给他听。祥止说：听我的话，如闻霹雳，看我挥刀，好像呼呼有风声，佩服得了不得，非要拜我为师不可，我就只好答允，收他为门人了。本年又有一个四川籍的友人，也像祥止那样，屡次求我刻给他看，我把指示祥止的技法，照样地指示他。因此，从去年至今，不满一年的时候，把所藏的印石，全数刻完，所刻的印章，连以前所刻，又超过了三百之数，就再拓存下来，留示我子孙。

我刻印，同写字一样。写字，下笔不重描，刻印，一刀下去，决不回刀。我的刻法，纵横各一刀，只有两个方向，不同一般人所刻的，去一刀，回一刀，纵横来回各一刀，要有四个方向，篆法高雅不高雅，刀法健全不健全，懂得刻印的人，自能看得明白。我刻时，随着字的笔势，顺刻下去，并不需要先在石上描好字形，才去下刀。我的刻印，比较有劲，等于写字有笔力，就在这一点。而且写字可以对客挥毫，我刻印也可以对客奏刀。常见他人刻石，来回盘旋，费了很多时间，就算学得这一家那一家的，但只学到了形似，把神韵都弄没了，貌合神离，仅能欺骗外行而已。他们这种刀法，只能说是蚀削，何尝是刻印。老实说，真正懂得是刻的，能有多少人！不过刻与削，绝不相同，明眼人也可一望而知，正如鱼目不可混珠，是一样的道理。我常说：世间事，贵痛快，何况篆刻是风雅事，岂是拖泥带水，做得好的呢？

本年四月二十一日，宝珠又生了个男孩，取名良年，号寿翁，乳名小翁子。这是我的第六子，宝珠的第三子。

民国二十四年（乙亥，1935 年），我七十三岁。本年起，我衰败之象迭出，右半身从臂膀到腿部，时时觉得酸痛，尤其可怕的，是一阵阵的头晕，请大夫诊治了几次，略略似乎好些。阳历四月一日，即阴历二月二十八日，携同宝珠南行。三日午刻到家，我的孙辈外孙辈和外甥等，有的已二十往外的人了，见着我面，都不认识。我离家快二十年了，住的房子，没有损坏，还添盖了几间，种的果木花卉，也还照旧，山上的树林，益发地茂盛。我长子良元，时年四十七岁，三子良琨，时年三十四岁，兄弟俩带头，率领着一家子大大小小，把家务整理得有条有理，这都是我的好子孙哪！只有我妻陈春君，瘦得可怜，她今年已七十四岁啦。我在茹家冲家里，住了三天，就同宝珠动身北上。我别家时，不忍和春君相见。还有几个相好的亲友，在家坐待相送，我也不使他们知道，悄悄地离家走了。十四日回到了北京。这一次回家，祭扫了先人的坟墓，我日记上写道："乌鸟私情，未供一饱。哀哀父母，欲养不存。"我自己刻了一颗"悔乌堂"的印章，怀乡追远之念，真是与日俱增的啊！

我因连年时局不靖，防备宵小觊觎，对于门户特别加以小心。我的跨车胡同住宅，东面临街，我住在里面北屋，廊子前面，置有铁制的栅栏，晚上拉开，加上了锁，比较的严密得多了。阴历六月初四日上午寅刻，我听得犬吠之声，聒耳可厌，亲自起床驱逐。走得匆忙了些，脚骨误触铁栅栏的斜撑，一跤栽了下去，整个身体都落了地，声音很大，我觉得痛得难忍。宝珠母子，听见我呼痛之声，急忙出来，抬我上床，请来正骨大夫，仔细诊治，推拿敷药，疼痛稍减。但是腿骨的筋，已长出一寸有零，腿骨脱了骱，公母骨错开了不相交，几乎成了残疾。我跌倒的地方，原有铁凳一只，幸而在前几天，给宝珠搬到别处去了，否则这一跤栽了下去，不知重伤到什么程度，说不定还有生命危险。我病中，起初躺在床上，动弹不得，慢慢地可以活动些了，但穿衣着鞋，仍得有人扶持，宝珠殷勤照料，日夜不懈，真是难得。我养了一百多天，才渐渐地好了。

民国二十五年（丙子，1936 年），我七十四岁。阴历三月初七日，清明节的前七天，尊公邀我到张园，参拜袁督师崇焕遗像。那天到的人很多，记得有陈散原、杨云史、吴北江诸位。吃饭的时候，我谈起："我想在西郊香山附近，觅一块地，预备个生圹。前几年，托我同乡汪颂年（诒书）写过'处士齐白石之墓'七个大字的碑记。墓碑有了，墓地尚无着落。拟恳诸位大作家，俯赐题词，留待他日，俾光泉壤。"当时诸位都允承了，没隔几天，诗词都寄了来，这件事，也很感激你贤父子的。

四川有个姓王的军人，托他住在北平的同乡，常来请我刻印，因此同他通过几回信，成了千里神交。春初，寄来快信，说：蜀中风景秀丽，物产丰富，不可不去玩玩。接着又来电报，欢迎我去。宝珠原是出生在四川的，很想回娘家去看看，遂于阳历四月二十七日，阴历闰三月初七日，同宝珠带着良止、良年两个孩子，离平南下。二十九日夜，从汉口搭乘太古公司万通轮船，开往川江。五月一日黄昏，过沙市。沙市形势，很有些像湘潭，沿江有山嘴拦挡，水从江中流出，江岸成弯形，便于泊船。四日未刻，过万县，泊武陵。我心病发作，在船内很不舒适，到夜半病才好了。五日酉刻，抵嘉州。宝珠的娘家，在转斗桥胡家冲，原是酆都县属，但从嘉州登岸，反较近便。我们到了宝珠的娘家，住了三天，我陪她祭扫她母亲的坟墓，算是了却她一桩心愿。我有诗说：

> 为君骨肉暂收帆，三日乡村问社坛。
> 难得老夫情意合，携樽同上草堆寒。

十一日到重庆。十五日宿内江。十六日抵成都，住南门文庙后街。认识了方鹤叟旭。那时，金松岑、陈石遗、黄宾虹都在成都，本是神交多年，此次见面，倍加亲热。松岑面许给我撰作传记，叫我回平后跟你商量，继续笔录我一生经历，寄给他作参考。（次溪按：金松岑丈是年有信寄给我，也曾谈及此事。）我在国立艺院和私立京华美专教过的学生，在成都的，都来招待我，有的请我吃饭，有的陪我去玩。安徽人开的胡开文笔墨庄，有一个跑外伙友，名叫陈怀卿，跟

着我的学生，也称我作老师。七月二十七日，我牙痛甚剧。我当口
的两牙，左边的一个，早已自落，右边的一个，摇摇欲坠，亦已三
年。因为想起幼龄初长牙时，我祖父祖母和我父亲母亲，喜欢得了不
得说："阿芝长牙了！"我小的时候，母亲常常说起这句话，我至今还
没忘掉。当初他们这样地喜见其生，我老来怎忍轻易地把它拔去呢？
所以我忍着疼痛，一直至今。此次这只作痛的病牙，横斜活动，进食
很不方便，不吃东西时，亦痛得难忍，迫不得已，只可拔落，感念幼
年，不禁流泪。

　　川中山水之佳，较桂林更胜一筹，我游过了青城、峨眉等山，就
离别诸友，预备东返。门生们都来相送。我记得俗谚有"老不入川"
这句话，预料此番出川，终我之生，未必会再来的了。我留别门生的
诗，有句云"蜀道九千年八十，知君不劝再来游"就是这个意思。八
月二十五日离成都，经重庆、万县、宜昌，三十一日到汉口。住在朋
友家。因腹泻耽了几天。九月四日，乘平汉车北行，五日到北平，回
家。有人问我："你这次川游，既没有作多少诗，也没有作什么画，
是不是心里有了不快之事，所以兴趣毫无了呢？"我告诉他说："并
非如此！我们去时是四个人，回来也是四个人，心里有什么不快呢？
不过四川的天气，时常浓雾蔽天，看山是扫兴的。"我背了一首《过
巫峡》的诗给他听：

　　　　　　怒涛相击作春雷，江雾连天扫不开。
　　　　　　欲乞赤乌收拾尽，老夫原为看山来。

　　俗谚说："天无三日晴，地无三里平。"四川的天时地理，确有这
样的情形。

避世时期（1937—1948）

民国二十六年（丁丑，1937年），我七十七岁。早先我在长沙，舒贻上（之鎏）给我算八字，说："在丁丑年，脱丙运，交辰运。辰运是丁丑年三月十二日交，壬午三月十二日脱。丁丑年下半年即算辰运，辰与八字中之戌相冲，冲开富贵宝藏，小康自有可期，惟丑辰戌相刑，美中不足。"又说，"交运时，可先念佛三遍，然后默念辰与酉合若干遍，在立夏以前，随时均宜念之。"又说，"十二日戌时，是交辰运之时，属龙属狗之小孩宜暂避，属牛羊者亦不可近。本人可佩一金器，如金戒指之类。"念佛，带金器，避见属龙属狗属牛羊的人，我听了他话，都照办了。我还在他批的命书封面，写了九个大字："十二日戌刻交运大吉。"又在里页，写了几行字道："宜用瞒天过海法，今年七十五，可口称七十七，作为逃过七十五一关矣。"从丁丑年起，我就加了两岁，本年就算七十七岁了。

二月二十七日，即阴历正月十七日，宝珠又生了一个女孩，取名良尾，生了没有几天，就得病死了。这个孩子，生的倒还秀丽，看样子不是笨的，可惜是昙花一现，像泡沫似的一会儿就幻灭了。

七月七日，即阴历五月二十九日，那天正交小暑节，天气已是热得很。后半夜，日本军阀在北平广安门外卢沟桥地方，发动了大规模的战事。卢沟桥在当时是宛平县的县城，城虽很小，却是一个用兵要地，俨然是北平的屏障，失掉了它，北平就无险可守了。第二天，是阴历六月初一日，早晨见报，方知日军蓄意挑衅，事态有扩大可能，果然听到西边嘭嘭嘭的好几回巨大的声音，乃是日军轰炸了西苑。接着南苑又炸了，情势十分紧张。过了两天，忽然传来讲和的消息。但是，有一夜，广安门那边，又有啪啪啪的机枪声，闹了大半宿。如此停停打打，打打停停，闹了好多天。到了七月二十八日，即阴历六月二十一日，北平、天津相继都沦陷了。前几天所说的讲和，原来是日军调兵遣将、准备大举进攻的一种诡计。我们的军队，终于放弃了平津，转向内地而去。

这从来没曾遭遇过的事情，一旦身临其境，使我胆战心惊，坐立不宁。怕的是：沦陷之后，不知要经受怎样的折磨，国土也不知哪天才能光复，那时所受的刺激，简直是无法形容。我下定决心，从此闭门家居，不与外界接触。艺术学院和京华美术专门学校两处的教课，都辞去不干了。亡友陈师曾的尊人散原先生于九月间逝世，我作了一副挽联送了去，联道：

> 为大臣嗣，画家爷，一辈作诗人，消受清闲原有命；
> 由南浦来，西山去，九天入仙境，乍经离乱岂无愁。

下联的末句，我有说不尽的苦处，含蓄在内。我因感念师曾生前对我的交谊，亲自到他尊人的灵前行了个礼，这是我在沦陷后第一次出大门。

民国二十七年（戊寅，1938 年），我七十八岁。瞿兑之来请我画

《超览楼禊集图》，我记起这件事来了！前清宣统三年三月初十日，是清明后两天，我在长沙，王湘绮师约我到瞿子玖超览楼看樱花海棠，命我画图，我答允了没有践诺。兑之是子玖的小儿子，会画几笔梅花，曾拜尹和伯为师，画笔倒也不俗。他请我补画当年的《禊集图》，我就画了给他，了却一桩心愿。

六月二十三日，即阴历五月二十六日，宝珠生了个男孩，这是我的第七子，宝珠生的第四子。我在日记上写道："二十六日寅时，钟表乃三点二十一分也。生一子，名曰良末，字纪牛，号耋根。此子之八字：戊寅，戊午，丙戌，庚寅，为炎上格，若生于前清时，宰相命也。"我在他的命册上批道："字以纪牛者，牛，丑也，记丁丑年怀胎也。号以耋根者，八十为耋，吾年八十，尚留此根苗也。"

十二月十四日，孙秉声生，是良迟的长子，良迟是我的第四子，宝珠所生的第一子，今年十八岁，娶的是献县纪文达公后裔纪彭年的次女。宝珠今年三十七岁，已经有了孙子啦，我们家，人丁可算兴旺哪！美中不足的是：秉声生时，我的第六子良年，乳名叫作小翁子的，病得很重，隔不到十天，十二月二十二日死了，年才五岁。

这孩子很有点夙根，当他三岁时，知识渐开，已能懂得人事，见到爱吃的东西，从不争多论少，也不争先恐后，父母唤他才来，分得的还要留点给父母。我常说："孔融让梨，不能专美于前，我家的小翁子，将来一定是有出息的。"

不料我有厚望的孩子，偏偏不能长寿，真叫我伤心！又因国难步步加深，不但上海、南京，早已陷落，听说我们家乡湖南也已沦入敌手，在此兵荒马乱的年月，心绪恶劣万分，我的日记《三百石印斋纪事》，无意再记下去，就此停笔了。

民国二十八年（己卯，1939年），我七十九岁。二十九年（庚辰，

1940 年），我八十岁。自丁丑年北平沦陷后，这三年间，我深居简出，很少与人往还，但是登我门求见的人，非常之多。敌伪的大小头子，也有不少来找我的，请我吃饭，送我东西，跟我拉交情，图接近，甚至要求我跟他们一起照相，或是叫我去参加什么盛典，我总是婉辞拒绝，不出大门一步。他们的任何圈套，都是枉费心机。我怕他们纠缠不休，懒得跟他多说废话，干脆在大门上贴一张纸条，写了十二个大字："白石老人心病复作，停止见客。"我原来是确实有点心脏病的，并不严重，就借此为名，避免与他们接近。"心病"两字，另有含义，我自谓用得很是恰当。只因物价上涨，开支增加，不靠卖画刻印，无法维持生活，不得不在纸条上补写了几句："若关作画刻印，请由南纸店接办。"那时，囤积倒把的奸商，非常之多，他们发了财，都想弄点字画，挂在家里，装装门面，我的生意，简直是忙不过来。

二十八年己卯年底，想趁过年的时候，多休息几天，我又贴出声明："二十八年十二月初一起，先来之凭单退，后来之凭单不接。"

过了年，二十九年庚辰正月，我为了生计，只得仍操旧业，不过在大门上，加贴了一张"画不卖与官家，窃恐不祥"的告白，说："中外官长，要买白石之画者，用代表人可矣，不必亲驾到门。从来官不入民家，官入民家，主人不利。谨此告知，恕不接见。"这里头所说的"官入民家，主人不利"的话，是有双关意义的。我还声明："绝止减画价，绝止吃饭馆，绝止照相。"在绝止减画价的下面，加了小注："吾年八十矣，尺纸六圆，每圆加二角。"另又声明："卖画不论交情，君子自重，请照润格出钱。"我是想用这种方法，拒绝他们来麻烦的。还有给敌人当翻译的，常来讹诈，有的要画，有的要钱，有的欺骗，有的硬索，我在墙上，又贴了告白，说："切莫代人介绍，心病复作，断难报答也。"又说："与外人翻译者，恕不酬谢，求诸君莫介绍，吾亦苦难报答也。"

这些字条，日军投降后，我的看门人尹春如，从大门上揭了下来，归他保存。春如原是清朝宫里的太监，分配到肃王府，清末，侍候过肃亲王善耆的。

二月初，得良元从家乡寄来快信，得知我妻陈春君，不幸于正月十四日逝世，寿七十九岁。春君自十三岁来我家，熬穷受苦，从无怨言。二十岁上跟我圆了房，这漫长岁月之间，重堂侍奉，儿女养育，家务撑持，避乱迁移，都是由她担负，使我免去内顾之忧。我定居北平，恐我客中寂寞，为我聘了宝珠，随侍照料。宝珠初生孩子，恐其年轻不善抚育，亲自接了过去，昼则携抱，夜则同睡，嘘拂爱护，如同己出。我在北平，卖画为活，北来探视，三往三返，不辞跋涉。相处六十多年，我虽有恒河沙数的话，也难说尽贫贱夫妻之事，一朝死别，悲痛刻骨，泪哭欲干，心摧欲碎，作了一副挽联：

> 怪赤绳老人，系人夫妻，何必使人离别；
> 问黑面阎王，主我生死，胡不管我团圆。

又作了一篇祭文，叙说我妻一生贤德，留备后世子孙，观览勿忘。

良元信上还说，春君垂危之时，口嘱儿孙辈，慎侍衰翁，善承色笑，切莫使我生气。我想：远隔千里，不能当面诀别，这是她一生最后的缺恨，叫我用什么方法去报答她呢？我在北平，住了二十多年，雕虫小技，天下知名，所教的门人弟子，遍布南北各省，论理，应该可以自慰的了，但因亲友故旧，在世的已无多人，贤妻又先我而去，有家也归不得，想起来，就不免黯然销魂了。我派下男子六人，女子六人，儿媳五人，孙曾男女共四十多人，见面不相识的很多。人家都恭维我多寿多男，活到八十岁，不能说不多寿；儿女孙曾一大群，不能说不多男；只是福薄，说来真觉惭愧。

民国三十年（辛巳，1941 年），我八十一岁。宝珠随侍我二十多年，勤俭柔顺，始终不倦，春君逝世后，很多亲友，劝我扶正，遂于五月四日，邀请在北平的亲友二十余人，到场做证。先把我一生劳苦省俭，积存下来的一点薄产，分为六股，春君所生三子，分得湖南家乡的田地房屋，宝珠所生三子，分得北平的房屋现款，春君所生的次子良黼，已不在人世，由次儿媳同其子继承。立有分关产业字据，六人各执一份，以资信守。分产竣事后，随即举行扶正典礼，我首先郑重声明："胡氏宝珠立为继室！"到场的二十多位亲友，都签名盖印。我当着亲友和儿孙等，在族谱上批明："日后齐氏续谱，照称继室。"宝珠身体素弱，那天十分高兴，招待亲友，直到深夜，毫无倦累神色。

隔不多天，忽有几个日本宪兵来到我家，看门人尹春如拦阻不及，他们已直闯进来，嘴里说着不甚清楚的中国话，说是"要找齐老头儿"。我坐在正间的藤椅子上，一声不响，看他们究竟要干些什么，他们问我话，我装聋好像一点儿都听不见，他们近我身，我只装没有看见，他们叽里咕噜，说了一些我听不懂的话，也就没精打采地走了。事后，有人说："这是日军特务，派来吓唬人的。"也有人说："是几个喝醉的酒鬼，存心来捣乱的。"我也不问其究竟如何，只嘱咐尹春如，以后门户要加倍小心，不可再疏忽，吃此虚惊。

民国三十一年（壬午，1942 年），我八十二岁。在七八年前，就已想到：我的岁数，过了古稀之年，桑榆暮景，为日无多，家乡辽远，白云在望，生既难还，死亦难归。北京西郊香山附近，有万安公墓，颇思预置生圹，备作他日葬骨之所，曾请同乡老友汪颂年写了墓碑，又请陈散原、吴北江、杨云史诸位题词做纪念。只是岁月逸巡，因循坐误，香山生圹之事，未曾举办。二十五年丙子冬，我又想到埋骨在陶然亭旁边，风景既优美，地点又近便，复有香冢、鹦鹉冢等著名胜迹，后人凭吊，倒也算作佳话。知道你曾替人成全过，就也托你代办一穴，可惜你不久离平南行，这些停顿至今。上年年底，你回平省亲，我跟你谈起旧事，承你厚意，和陶然亭慈悲禅林的主持慈安和尚商妥，慈安愿把亭东空地一段割赠，这真是所谓"高谊如云"的了。正月十三日，同了宝珠，带着幼子，由你陪去，介绍和慈安相晤，谈得非常满意。看了看墓地，高敞向阳，苇塘围绕，确是一块佳域。当下定议。我填了一阕《西江月》的词，后边附有跋语，说："壬午春正月十又三日，余来陶然亭，住持僧慈安赠妥坟地事，次溪偃，引荐人也，书于词后，以记其事。"但因我的儿孙，大部分都在湖南家乡，万一我死之后，他们不听我话，也许运枢回湘，或是改葬他处，岂不有负初衷，我写一张委托书交你收存，免得他日别生枝节。这样，不仅我百年骸骨，有了归宿，也可算是你我的一段生死交情了。

（次溪按：老人当时写的委托书说："百年后埋骨于此，虑家人不能遵，以此为证。"我曾请徐石雪丈宗浩，画过一幅《陶然亭白石觅塘图》，名流题词甚多，留作纪念。）

那年，我给你画的《萧寺拜陈图》，自信画得很不错，你请人题的诗词，据我看：治芗傅岳芬题的那首七绝，应该说是压卷。我同陈师曾的交谊，你是知道的，我如没有师曾的提携，我的画名，不会有今天。师曾的尊人散原先生在世时，记得是二十四年乙亥的端阳节左右，你陪我到姚家胡同去访问他，请他给我作诗集的序文，他知道了我和师曾的关系，慨然应允。没隔几天，序文就由你交来。我打算以后如再刊印诗稿，陈、樊二位的序文，一起刊在卷前，我的诗稿，更可增光得多了。我自二十六年丁丑六月以后，不出家门一步。只在丁丑九月，得知散原先生逝世的消息，破例出了一次门，亲自去拜奠，他灵枢寄存在长椿寺，我也听人说起过，这次你我同到寺里去凭吊，我又破例出门了。

（次溪按：散原太世丈逝世时，我远客江南，壬午春，我回平，偶与老人谈及，拟往长椿寺祭拜，老人愿偕往，归后，特作《萧寺拜陈图》给我，我征集题词很多。傅治芗丈诗云："樊榭盖世一棺存，岁瓣心香款寺门。彼似沧州陈太守，重封马鬣祭茶村。"老人谓着墨无多，而意味深长，此图此诗，足可并垂不朽。）

民国三十二年（癸未，1943 年），我八十三岁。自从卢沟桥事变至今，已过了六个年头，天天提心吊胆，在忧闷中过着苦难日子。虽还没有大祸临身，但小小的骚扰，三天两头总是不免。最难应付的，就是假借买画的名义，常来捣乱，我这个八十开外的老翁，哪有许多精力，同他们去做无谓周旋。万不得已，从癸未年起，我在大门上贴了四个大字："停止卖画。"从此以后，无论是南纸店经手，或朋友介绍，一概谢绝不画。家乡方面的老朋友，知道我停止卖画，关心我的生活，来信问我近况。我回答他们一首诗，有句云：

寿高不死差为贼，不丑长安作饿饕。

我是宁可挨冻受饿，决不甘心去取媚那般人的。

我心里正在愁闷难遣的时候，偏偏又遭了一场失意之事：十二月十二日，继室胡宝珠病故，年四十二岁。宝珠自十八岁进我家门，二十多年来，善事我的起居，寒暖饥饱，刻刻关怀。我作画之时，给我理纸磨墨，见得我的作品多了，也能指出我笔法的巧拙，市上冒我名的假画，一望就能辨出，我偶或有些小病，她衣不解带地昼夜在我身边，悉心侍候。春君在世时，对她很是看重，她也处处不忘礼节，所以妻妾之间，从未发生龃龉。我本想风烛之年，仗她护持，身后之事，亦必待她料理，不料她方中年，竟先衰翁而去，怎不叫我洒尽老泪，犹难抑住悲怀哩！

民国三十三年（甲申，1944 年），我八十四岁。我满怀积念，无可发泄，只有在文字中，略吐不幸之气。胡冷庵拿他所画的山水卷子，叫我题诗，我信笔写了一首七绝，说：

> 对君斯册感当年，撞破金瓯国可怜。
> 灯下再三挥泪看，中华无此整山川。

我这诗很有感慨。我虽停止卖画，但作画仍是天天并不间断，所作之画，分给儿女们保存。我画的《鸬鹚舟》，题诗道：

> 大好江山破碎时，鸬鹚一饱别无知。
> 渔人不识兴亡事，醉把扁舟系柳枝。

我题门生李苦禅画的《鸬鹚鸟》，写了一段短文道：

此食鱼鸟也，不食五谷。鸬鹚之类，有时河涸江干，或有饿死者，渔人以肉饲其饿者，饿者不食。故旧有谚云："鸬鹚不食鸬鹚肉"。

这是说汉奸们同鸬鹚一样的"一饱别无知"，但"鸬鹚不食鸬鹚肉"，并不自戕同类，汉奸们对之还有愧色哩。我题《群鼠图》诗：

群鼠群鼠，何多如许！何闹如许！

既啮我果，又剥我黍。

烛炧灯残天欲曙，严冬已换五更鼓。

又题画螃蟹诗：

处处草泥乡，行到何方好！

昨岁见君多，今年见君少。

我见敌人的泥脚愈陷愈深，日暮途穷，就在眼前，所以拿老鼠和螃蟹来讽刺它。有人劝我明哲保身，不必这样露骨地讽刺。我想：残年遭乱，死何足惜，拼着一条老命，还有什么可怕的呢？

六月七日，忽然接到艺术专科学校的通知，叫我去领配给煤。艺专本已升格为学院，沦陷后又降为专科学校。那时各学校的大权，都操在日籍顾问之手，各学校里，又都聘有日文教员，也是很有权威，人多侧目而视。我脱离艺校，已有七年，为什么凭空给我这份配给煤呢？其中必有原因，我立即把通知条退了回去，并附了一封信道："顷接艺术专科学校通知条，言配给门头沟煤事。白石非贵校之教职员，贵校之通知误矣。先生可查明作罢论为是。"煤在当时，固然不易买到，我齐白石又岂是没有骨头、爱贪小便宜的人，他们真是错看了人哪！

朋友因我老年无人照料，介绍一位夏文珠女士来任看护，那是九月间事。

民国三十四年（乙酉，1945 年），我八十五岁。三月十一日，即阴历正月二十七日，我天明复睡，得了一梦：立在余霞峰借山馆的晒坪边，看见对面小路上有抬殡的过来，好像是要走到借山馆的后面去。殡后随着一口没有上盖的空棺，急急地走到殡前面，直向我家走来。我梦中自想，这是我的棺，为什么走得这样快？看来我是不久人世了。心里头一纳闷，就惊醒了。醒后，愈想愈觉离奇，就作了一副自挽联道：

> 有天下画名，何若忠臣孝子；
> 无人间恶相，不怕马面牛头。

这不过无聊之极，聊以解嘲而已。

到了八月十四日，传来莫大的喜讯：抗战胜利，日军无条件投降。我听了，胸中一口闷气，长长地舒了出来，心里头顿时觉得舒畅多了。这一乐，乐得我一宿都没睡着，常言道，心花怒放，也许有点相像。十月十日是华北军区受降的日子，熬了八年的苦，受了八年的罪，一朝拨开云雾，重见天日，北平城里，人人面有喜色。虽说不久内战又起，物价飞涨，兼之贪污风行，一团稀糟，人人又大失所望，但在那时，老百姓们确是振奋得很。那天，侯且斋、董秋崖、余倜等来看我，留他们在家小酌，我作了一首七言律诗，结联云：

　　　　　莫道长年亦多难，太平看到眼中来。

　　我和一般的人，一样的看法，以为太平日子，已经到来，谁知并不是真正的太平年月啊！

　　民国三十五年（丙戌，1946 年），我八十六岁。抗战结束，国土光复，我恢复了卖画刻印生涯，琉璃厂一带的南纸铺，把我的润格照旧地挂了出来。我的第五子良已，在辅仁大学美术系读书学画，颇肯用功，平日看我作画，我指点笔法，也能专心领会，近来的作品，人家都说青出于蓝，求他画的人，也很不少。十月，南京方面来人，请我南下一游，是坐飞机去的，我的第四子良迟和夏文珠同行。先到南京，中华全国美术会举行了我的作品展览；后到上海，也举行了一次展览。我带去的二百多张画，全部卖出，回到北平，带回来的"法币"，一捆一捆的数目倒也大有可观，等到拿出去买东西，连十袋面粉都买不到。这玩笑开得多么大啊！我真悔此一行。

　　十二月十九日，女儿良欢死了，年十九岁。良欢幼时，乖巧得很，刚满周岁，牙牙学语，我教她认字，居然识了不忘，所以乳名小乖。自她母亲故去后，郁郁不乐，三年之间，时常闹些小病，日积月累，遂致不起，我既痛她短命，又想起了她的母亲，衰年伤心，洒了不少老泪。

　　民国三十六年（丁亥，1947 年），我八十七岁。三十七年（戊子，1948 年），我八十八岁。这两年，常有人来劝我迁往南京、上海等地，还有人从杭州来信，叫我去主持西湖美术院。我回答他一首诗，句云：

　　　　　北房南屋少安居，何处清平著老夫？

　　我在胜利初期，一片欢欣的希望，早已烟消云散，还有什么心绪，去奔走天涯呢？

　　那时，"法币"已到末路，几乎成了废纸，一个烧饼，卖十万元，一个最次的小面包，卖二十万元，吃一顿饭馆，总得千万元以上，真是骇人听闻。接着改换了"金圆券"，一圆折合"法币"三百万元，刚出现时，好像重病的人，缓过一口气，但一霎眼间，物价的涨风，一日千变，波动得大，崩溃得快，比了"法币"，更是有加无已。囤积倒把的人，街头巷尾，触目皆是。他们异想天开，把我的画也当作货物一样，囤积起来。拿着一堆废纸似的"金圆券"，订我的画件，一订就是几十张几百张。我案头积纸如山，看着不免心惊肉跳。朋友跟我开玩笑，说："看这样子，真是'生意兴隆通四海，财源茂盛达三江'了。"实则我耗了不少心血，费了不少腕力，换得的票子，有时一张画还买不到几个烧饼，望九之年，哪有许多精神？只得叹一口气，挂出"暂停收件"的告白了。

——1936 年齐白石口述，张次溪笔录

附录

看完《白石老人自述》后的感想

罗家伦

这是一篇很好的自传。很好的理由是朴实无华，而且充满了作者的乡土气味。

我常觉得最动人的文学是最真诚的文学。不掩饰，不玩弄笔调，以诚挚的心情，说质朴的事实，哪能使人不感动？

齐白石自传最大部分是他的口述，而由他的晚辈亲戚张次溪笔记的，最后一小部分据张君说是白石亲自写的。白石出生在湖南湘潭县的农家，一亩水田，几间破屋，供应五口之家，其穷苦的情形，可以想象。他的父亲教他扶犁，"后因年小力弱转习木工；朝为工，暮归"。但是在十二岁转习木工后，仍然好学不倦，总是在每日停工的夜晚，用松节点火读书习画，到二十七岁才正式得师指点。那是光绪十五年的时候，他在家乡赖家垅做雕花木匠……乡人都称他"芝木匠"（因为他名叫纯芝）。以后受到同乡胡沁园的赏识，令他读书；而胡氏所藏名人书画颇多，使他增长见识，书艺大进。他对于胡氏的提拔，终身不忘。以后若干年更受到王闿运（壬秋）的赏识，并拜王为师。我当年翻阅王壬秋的《湘绮楼日记》，屡见"齐木匠来"的记载，可见王壬秋对他不及胡沁园的厚道。他在三十岁以后，作画渐有名声，"乡里的人都知道芝木匠改行做了画匠，比雕的花还好"。他七十岁时，想起了这件事，做过一首"往事示儿辈"的诗，说："村书无角宿缘迟，廿七年华始有师；灯火无油何害事，自燃松火读唐诗。"这段记录毫无掩饰，至今看去，弥觉天真。

以后他继续学画，并学会了"揭裱旧画的手艺"。更进而学做诗、学篆刻印章。我以前见过他刻的图章，颇像赵之谦（㧑叔）的刀法，现在看他自己的记载，果然他从丁龙泓、黄小松二家入手以后，更受了赵氏《二金蝶堂印谱》的影响，以后见《天发神谶碑》，又变了刀法，及见三公山碑以后又变了篆法，最后才好仿秦权。

他的画艺，据他自己的记载，最初是学过工笔画，后改以自然界的现象为师，并且设法体会若干种生物的动态，分别用水墨丹青来表现。但是他一方面不肯"舍真作怪"，一方面"并不一味地刻意求似"。他接上说："能在不求似中得似，方得显出神韵。我有句话：'写生我懒求神似，不厌声名到老低。'……我向来反对宗派拘束，曾云：'逢人耻听说荆关，宗派夸能却汗颜。'也反对死临死摹，又曾说过：'山外楼台云外峰，匠家千古此雷同。''一笑前朝诸巨手，平铺细抹死功夫。'因之我就常说：'胸中山气奇天下，删去临摹手一双。'赞同我这见解的人，陈师曾是头一个。"以上诸诗虽不甚工，却也能于粗率词句中表现他的天真和志趣。当时的画家如陈师曾，对他是很有影响的。（按：师曾是陈三立先生的儿子，为名画家，和我很熟；他天资极高，可惜早死。）至于他说他的画"学八大山人，冷逸一路"也不能说是到家。八大的画笔奇简而意弥深；白石殊有未逮。白石画常以粗线条见长，龙蛇飞舞，笔力遒劲，至于画的韵味，则断难与八大相提并论。

但在当今，已不容易了！

白石具有中国农村中所曾保持的厚道。如他对于恩师胡沁园的感激，是何等的诚挚！他说："他老人家不但是我的恩师，也可以说是我生平第一知己。我今日略有成就，饮水思源都出于他老人家的一手栽培。一别千古我怎能抑制得住满腔的悲思呢？我参酌旧稿，画了二十多幅画，都是他老人家生前赏识过的，我亲自动手裱好，装在亲自糊扎的纸箱内，在他灵前焚化，同时又做了七言绝诗十四首，又做了一篇祭文……"读者不要笑这是"土老儿"的土气，这和吴季子挂剑在亡友坟上，同样的感人！

我在长清华大学的时候，曾偕陈师曾、邓叔存几位朋友去拜访过白石老人，一进大门就看见屏门上贴着卖画的润格，进客厅后又看到润格贴在墙上，心中颇有反感，以为风雅的画家何至于此。到现在看到他这篇自述，了解他从童年一直到老年为生活而艰苦奋斗的情形，使我以前的这种反感也消释于无形了！

《白石老人自述》最后简略还提到他八十八岁的一年的事。（**按**：系 1948 年，在实际上说乃是他八十六岁的一年；只因为他迷信算命的警告，须逃避七十五岁一关的厄运，才能继续活下去，从丁丑即 1937 年起，自己加高两岁，说这是"瞒天过海法"。）

第二辑

文存选粹

借山馆记

余少工木工，蛙灶无著处，恨不读书。工余喜读古诗，尽数十卷。光绪庚子二月始借山居焉，造一室，额曰借山吟馆，学为诗数百首。壬寅冬，以篆刊应友人聘之长安。癸卯春，相将入都为画师，身行万里，鸟倦知还。古迹名山绝少题咏，固知诗之难，虽泥上爪痕，亦非偶然耳。客来谈诗辄笑不答。甲辰春，薄游豫章，吾县湘绮先生七夕设宴南昌邸舍，招诸弟子联句，强余与焉。余不得有佳句，然索然者正不独余也。始知非具宿根劬学，盖未易言矣。中秋归里，删馆额"吟"字，曰"借山馆"。青灯有味，事与愿违。越明年，将欲仍为旧业。感生平之遭遇，信执鞭之非我，老冉冉其将至，恣吾意之所之。沧海横流，靡有既极，得尽天成，以乐余年，复何求哉。

作于 1904 年

作画记

（一）

山桃[1]画笔古雅，大叶粗枝，学于余也，人见其画怪之。余为山桃怜，因劝其仿里某者。人复见其画，大加称许，以为得胜于余也。余又为山桃憎，昌黎[2]所谓下笔令人惭，人即以为好矣。故此幅先求画于山桃。桃因病辞。余幸得此爱照，因亦从俗画之。所谓大惭者，人即以为大好矣。

（二）

画中要常有古人之微妙在胸中，不要古人之皮毛在笔端。欲使来

---

① 山桃，指齐白石早年弟子黄山桃。
② 昌黎，指唐代文学家韩愈。

者只能摹其皮毛，不能知其微妙也。立足如此，纵无能空前，亦足绝后。学古人，要学到恨古人不见我，不要恨时人不知我耳。

引自齐佛来著《我的祖父白石老人》

李莘夫刊印记

宣统己酉四月，余为天涯过客，应廉州太守莘夫先生篆刻刊古之二千石也。及管领珠官等印，太守以团扇自书春寒诗报之。余喜之。复感平生自以草衣阅人多矣。能工诗工书者，遇王湘绮先生及王蜕公、樊蝶翁、夏天畸、余去非、汪无咎、李筠庵、曾子辑。独与李梅痴咫尺神交未能相识，正与太守同，皆为恨事。因刊春寒诗于此印侧，以志钦佩。且欲附公，寿俱金石也。齐璜并记。

作于1909年

与谭三兄弟刊收藏印记

庚子前，黎铁安代无畏兄弟索篆刻于余十有余印。丁拔贡者，以为刀法太懒，谭子遂磨去之。是时余心摹龙泓、秋庵，与丁同宗匠，未知孰是非也。黎鲸公亦师丁、黄[①]，刀法秀雅，余始师之，终未能到。然鲸公未尝见菲薄，盖深知余之纯用自然，不敢妄作高古。今人知鲸公者亦稀，正以不假汉人窠臼耳。

庚戌冬，余来长沙。谭子皆能刻印，无想入赵㧑叔之室矣，复喜余篆刻，为刻此石，以酬知己。湘绮近用印，亦余旧刻。余旧句云："姓名人识鬓成丝。"今日更伤老眼昏眊，不复能工刻矣。弟璜并记。

作于 1910 年

---

① 丁、黄，指清代著名诗人和篆刻家丁敬（1695—1765 年）与黄易（1740—1802 年）。

为陈仲甫刻印记

辛亥秋，白水山樵求刻印，云石侧多识骂人语。余回忆及有友人尝索冯钝翁书，钝翁骂曰：以十六文钱之纸索八十岁老人作字，殊非情也。今山樵出此丑石，不畏余骂，且欲余骂人，是可骂也。余三十年前不悔雕虫小技，四十年后目既昏眊，神益疲倦，始知黄金虚牝，正不自谓。然山樵既爱余画，已多私淑之称，又爱余篆刻，欲为白石流亚欤，何其自负也。因与山樵交有年，敢是进耳。世人清浊各秉天性，何须骂为？

作于 1911 年

姚石倩拓白石之印记

昔赵无闷尝居京华，喜刻印，魏稼孙为集《二金蝶堂印谱》，无闷题为"稼孙多事"。无闷集古之大成，为后来刻印家立一门户，超绝往古，不负魏君雅意矣。余三过都门，行箧所有之印，皆戊午年避兵故乡紫荆山之大松下所作，故篆画有毛发冲冠之势，余愤至今犹可见于篆刻间。友人短余剑拔弩张，余不怪也。石倩兄亦喜余刻印，倒箧尽拓之，大好大惭，不怜作者，且属余为记之。君亦稼孙之流亚欤，何其生之太迟，非无闷在京华时耳？己未七月十有七日，湘潭齐璜，时寄萍法源寺。

作于 1919 年

题张伯任所集白石印集

　　伯任集余刊石，不杂他人印，必各为一册，切勿编印人传，妄加评定。此余不愿也。余有私淑，尝语余曰："近代刻印家，公为第一。"此言余心知为骗辞而不忌，授以刀法之三昧。伊行诸笔墨，余次之，自不符所言耳。余虽无言，人皆耻之。伯任弟自言以此人为鉴，不得邪心媚人，亦不矜夸誉己，乃余所信。少年人其诚静如我伯任者寡，况居心正直，且虚心求学，纵不成名之如余，终必无人作贱看也。

作于 1919 年

序《二金蝶堂印谱》双勾本

　　前朝庚戌冬小住长沙，于茶陵谭大武家中获观《二金蝶堂印谱》，余以墨勾其最心佩者。越明年，此原谱黎薇荪借来皋山。余转借归借山馆，以朱勾之，观者莫辨原拓勾填也。且刊一印，其文曰：㧑叔印谱濒生双勾填朱之记。迄今九年以来，重游京师，于厂肆所见㧑叔印谱皆伪本。今夏六月，泸江吕习恒以《二金蝶堂印谱》与观，亦系真本，其印之增减与谭大武所藏之本各不同只二三印而已。余令侍余游者楚仲华以填朱法勾之。又借入《二金蝶堂印谱》，择其圆折笔画者亦勾之，合为一本，其印之篆画之精微失之全无矣。白石后人欲师其法，只可于章法篆法模仿，不可以笔画求之。善学者不待余言。时己未六月二十六日，白石老人记于北京法源寺羯磨寮。

作于 1919 年

画蟋蟀记

　　余尝见儿辈养虫，小者为蟋蟀，各有赋性。有善斗者，而无人使，终不见其能。有未斗之先，张牙鼓翅，交口不敢再来者；有一味只能鸣者；有或缘其雌一怒而斗者；有斗后触髭须即舍命而跳逃者。大者乃蟋蟀之类，非蟋蟀种族，既不善鸣，又不能斗，头面可憎。有生于庖厨之下者，终身饱食，不出庖厨之斗。此大略也。若尽述，非丈二之纸不能毕。

作于 1921 年

《白石印草》自序

　　余之刻印，始于二十岁以前。最初自刻名字印。友人黎松庵借以丁、黄印谱原拓本，得其门径。后数年，得《二金蝶堂印谱》，方知老实为正，疏密自然，乃一变。再后喜《天发神谶碑》，刀法一变。再后喜《三公山碑》，篆法一变。最后喜秦权纵横平直，一任自然，又一大变。忆自甲辰前摹丁、黄时所刻之印，曾经拓存，湘绮师赐以序。至丁巳乡乱，余欲避难离家，因弃印草，仅取序文藏之破壁，得免劫灰。然序文虽存，印拓全没。余不忍辜负师文，乃取丁巳后所刻诸印实之。是等诸印，乃余偷活燕京，自食其力，无论何人求刻之印拓存之，共得四本，成为印草，仍冠湘绮师序于前。戊辰冬十月，齐璜白石山翁自序，时居燕京。

作于 1928 年

写意画用色

此余用丹青之己见也，未假古人欺世。

造墨无分别，皆烟煤。佳者胶轻，捣约三万杵，加以麝，故曰麝煤。寻常者，胶多捣少，亦能用。总之，墨宜稍陈。过于陈，磨时则满砚渣滓。新造者，磨后如冻，用之则光浮而不黑。黄河以南多潮湿，收藏五六年，胶性纯，颇可用。以北多干燥，不过十年，亦能用。凡言宋明及清初陈墨为宝物，皆好事者。

靛青膏胶重，天寒以火力化之，伤火则枯，便成渣滓。天暖虽易化，胶重容易成涎沫。或加石青，或加青黛，使胶分轻，用时却方便而无烦恼。况靛青草产，年久易消灭。石青圹产，可垂年远。

朱砂以薄片色紫且透亮者为上，陈年者色尤紫，更佳。（置之瓷钵内）用白水加入，以瓷椎轻轻旋转压细，或一两之多。只可压一刻时之久。压时过多，手力过重，全成黄磦，无紫红砂矣。压后用轻胶水加入，以椎轻轻摆动数十转，停一刻时之久，倒于他碗，晒干，即为朱磦。再加轻胶水摆动，停一分时之久，又倒于他碗，即为朱砂。钵底之渣稍粗，不用再压。其色深紫，作印泥为第一。西泠印社及漳州之印泥，其色如洋红，知者无不叹赏耳。

昔时之胭脂，作画薄施，其色娇嫩；厚施，色厚且静。惜属草产，年久色易消减。外邦颜色有西洋红，其色夺胭脂，余最宝之。曾于友人处见吴缶庐所画红梅，古艳绝伦。越岁复见之，变为黄土色。始知洋红非正产，未足贵也。藤黄未穷何产，年久易消减，与胭脂同。幸可掺入石黄。石黄，矿石也，可垂久远，不用加胶。

石青制法与朱砂同。头碌为三青，二碌为二青，钵底为头青也。石绿同。

卢干石一名鹭羽，一名鹭丝毛，南北皆购于药店。佳者成片，以片打断，断口之纹，一丝一丝如羽毛。压细和以轻胶，永不变。铅粉本铅所化，无论是何制法，铅不能尽，日久变黑。

发表于 1930 年

《淑度印草》序

　　从来技艺之精神，本属士夫，未闻女子而能及。即马湘兰之画兰，管夫人之画竹，一见知是女子所为，想见闺阁欲驾士夫未易耳。门人刘淑度之刻印，初学古人，得汉法，常以印拓呈余。篆法刀工无儿女气，取古人之长，舍师法之短，殊为闺阁特出也。余为点定此拓本后，因记数语归之。辛未十二月，齐璜白石，时居旧京。越明日乃壬申之日也。明年七十又二矣。

作于 1932 年

《齐白石画集》样本题记

从来画山水者唯大涤子能变。吾亦变，时人不加称许，正与大涤子同，独悲鸿心折。此册乃悲鸿为办印，故山水特多。安得悲鸿化身万亿，吾之山水画传矣，普天下人不独只知石涛也。

（又在扉页加题记）此中华书局代理寄来之样，初印最精。良迟兄弟如有变化，可师也。乃翁记。壬申秋，时居燕京第十六年。

《齐白石画集》由徐悲鸿选编，1932 年秋由上海中华书局出版

癸酉秋自记印草

　　予戊辰出印书后，刻之印为外人购去，印拓二百。此二百印，自无制书权矣。庚午辛未二年刻印，每印仅拓存六份，成书六册，计十本。每本计□十□印。壬申癸未二年，世变至极，旧京侨民皆南窜。予虽不移，窃恐市乱。有剥啄叩吾门者，不识其声，闭门拒之。故刻石甚少，只成书四本，计十册，每本□印。以上皆七十衰翁以原砂泥亲手拓存。四年精力，人生几何。饿殍长安，不易斗米。如能带去，各捡一册，置之手侧，胜人入陵珠宝满棺。是吾子孙毋背斯嘱。

作于 1933 年

《白石印草》自序（之二）

　　余五十五岁后居京华，所刻之石，约三千余方。当刻时，择其对古今人而无愧者，计二百三十四印，每印拓存三百页。有求刻者促迫取去，不能拓存三百页者，拓存一二方制成锌印。合手拓仅成《白石印草》八十册，一散而尽。此册重制，有七十岁以后所刻自家用印六十余方加入。换出以前锌印勿拓，再成八十册，仍用湘绮师原序冠之。癸酉夏六月，时居京华之西城。齐璜白石自序。

作于 1933 年

三百石印斋自序

　　余三十岁后，以三百石印名其斋，盖言印石之数，所刻者名字印数方，适诗画之印而已。至六十岁，集印石愈多，其中有佳石十之二三，丁戊连年已化秦灰矣。丁戊后避乱居京华，得印石又能满三百之数，惜丁戊所失之佳者。年七十一，门人罗祥止欲穷刻印之绝法，愿见当面下刀。余随取自藏之印石，且刻且言。祥止惊，谓如闻霹雳，挥刀有风声，遂北面执弟子礼。越明年，余中英继至，亦有祥止之愿。余一时之兴致，不一年，将所有之石已刻完，实三百之数过矣。其刻成之功，实罗、余二生，故序及之。今暂拓数册，分给家藏。使儿孙辈知昔人有平泉庄。一本一石，子孙不得与人，亦必知先人三百印斋之石印三百，亦愿子孙不得一印与人也。甲戌冬，白石山翁齐璜自序。

作于 1934 年

观徐悲鸿小型画展后留言

余画友之最可钦佩者，唯我悲鸿。君所见作物甚多，今日所展尤胜当年，故外人不惜数千金购求一幅老柏树合矣。白石山翁白石扶病。乙亥第六日。

题于 1935 年

《三友合集》序

　　夫画者，本寂寞之道，其人要心境清逸，不慕官禄，方可从事于画。见古今人之所长，摹而肖之，能不夸。师法有所短，舍之而不诽。然后再观天地之造化，来腕底之鬼神，对人方无羞愧。不求人知而天下自知，犹不矜狂，此画界有人品之真君子也。今谢炳琨、雏达、卢光照二三同学，心无妄思，互相研究，其画故能脱略凡格，即大叶粗枝，皆从苦心得来。三年有成，予劝其试印成集以问人。

作于 1937 年

《半聋楼印草》序

　　刻印者能变化而成大家，得天趣之浑成，别开蹊径而不失古碑之刻法，从来唯有赵㧑叔一人。予年已至四十五岁时尚师《二金蝶堂印谱》。赵之朱文近娟秀，与白文之篆法异，故予稍稍变为刚健超纵，入刀不削不作，绝模仿，恶整理。再观古名碑刻法，皆如是。苦工十年，自以为刻印能矣。铁衡弟由奉天寄呈手刻拓本二，求批其短长。予见之大异，何其进之猛也。其粗拙苍劲，不独有过于予，已能超出无闷矣。凡虚心人，不以自满，功夫深处而自未能知。故题数语于印拓之前，亦作为前引可矣。戊寅春二月，时居北京，齐璜。

作于 1938 年

遇邱生石冥画会

画家不要以能诵古人姓名多为学识，不要以善道今人短处多为己长。总而言之，要我行我道，下笔要我有我法，虽不得人欢誉，亦可得人诽骂，自不凡庸。借山之门客邱生之为人与画，皆合予论。因书与之。

作于 1943 年

《梅花草堂白石印存》序

　　六十白石印翁姓朱，字屺瞻，海上画家也。喜篆刻，不为伪古铸印所愚。前二十年来，至甲申得予所刻印六十石，自呼"六十白石印富翁"为号。至今丙戌已越三年。从乱离中绕道五万里外尚寄石来京华，所添印又将二十余石，共拓之成书，名《白石印存》。寄来请予序，予不能辞。又不能将朱君作魏稼孙看为多事。因朱君工画，画幅上加闲话印以助雅观，其意趣正与余同。聊记数语，非为序。丙戌秋，八十六岁白石老人。

作于 1946 年

为东北博物馆举办齐白石画展题词

　　东北博物馆举办白石画展，集余往昔及近年所作数十幅于一堂，与我东北全相见，幸何如之。白石老人身逢盛世，国内外人士对余画之爱戴，应感谢毛主席与中国共产党对此道之倡导与关怀。余老矣，不能远道北上，共与其事。特寄尺纸，以表向往之忱。甲午春。

题于 1954 年

在告全世界人民书上签名前的讲话

早几年就听说美国有原子弹，还吹牛说，一分钟就能炸毁一座城市，我就觉得很奇怪。要是发明一个什么弹能在一分钟内造好一座城市，那才值得恭维哩。美国为了侵略，才丧尽天良，做这种大坏事。自从盘古开天地，还找不出类此的罪恶。他还吹牛唬人，真是恬不知耻。

如今过了几年，美国还是用原子弹威胁和平。可是我又听说苏联把原子能用在和平建设上。我今年九十五岁，幸喜能活到解放，看见毛主席，看见中国人过好年头，看见国家开始太平。我想有了原子能，将来一定还要发明许多好东西，供我们子孙万代享用不尽。

我画了六七十年画。我画好看的东西，画有生气的东西。我画一个草虫都愿它生机活泼。谁又能容忍美好世界遭到破坏？

五年以来，许多从世界各地到北京来的外国朋友都来看望我，我记不得这许多好人的名字，但是我知道他们是为和平、为艺术而来的。

我想全世界的老年人都爱和平，爱安静，爱自己的家园和子孙。爱和平就要保卫和平，保卫和平就要反对使用不祥之物——原子弹。

所以我要响应世界和平理事会的号召，在告全世界人民书上签上我的名字——齐白石。

原载 1955 年 2 月 28 日《人民日报》

《齐白石作品选集》自序

予少贫，为牧童及木工。一饱无时，而酷好文艺。为之八十余年，今将百岁矣。作画凡数千幅，诗数千首，治印亦千余。国内外竞言齐白石画，予不知其究何所取也。印与诗则知者稍希（稀）。予不知知者之为真知否？不知者之有可知者否？将以问天下后世，然老且无力。吾儿良已裒印老人自喜之作罕示人者，友人黎劭西先生并为审订，以待众评。予之技止此，予之愿亦止此。世欲真知齐白石者，其在斯，其在斯，请事斯。一九五六年，湘潭齐璜白石时年九十有六。

作于 1956 年，见《白石文钞》

146

白石信札

与胡沁园书

一

夫子大人座下：

　　璜昨到家，因俗务万不能拨开，故暂未能奉谒门墙。公知我者，想不叱责。刘君来，风尘愁苦，一问便欲加怜。九弟如暇，请来寄园一会。十三弟及立三可偕同来望望。老少万福。受业璜书。

二

沁公夫子大人座下：

　　自别公后，眠食欲废，奈何！委画各件，一无应命，知我唯公，想不罪我也。璜旧画小中幅一，其品清逸，寄来奉公置之壁间，胜门人朝昏对立。璧还便面二，折扇二。又琴兄便面一，请代交去。工致小品画册，乞查收。仙谱弟为璜刊竹器，工成付我。合家万福。门人璜顿。

　　立三弟贤昆仲均此。十月十五日中。

与胡仙谱书

仙谱九弟世大人足下：

　　一昨由颜韵老寓寄来佳筐，用八大山人真本墨荷摹应大命，自觉可观，倩（请）弟永宝用，勿轻看。并代倩（请）郭五公子摹山谷老人书，遂成完璧。

　　兄璜再顿。

与齐如山书

如山同宗先生鉴：

借山别后，曾访君一次，不遇。得见令爱，所临之画大可观。公可令其勤苦学之，亦当大成矣。

贵颜料铺之洋红砖，请君以电话问之，尚有卖否？如有，请笺示，并示颜料铺是何胡同，门牌多少号码。

再者：璜曾请代求畹华之画，去纸久矣，恐伊忘却，今请代催一催，何如？即颂平安。制弟璜揖白。

与郭人漳书

　　楚生来，自言见公后无由再谒，复索余书，以当蹇修耳。年来慕公之贤豪，欲往事之无门以入者，或苦求余书以作荐。故连日以来，所奉之书，皆以曹邱自命，实非多事。余且能尽其心，犹恐力之不及，以为愧。为人谋，至于如此者，亦如公之为余谋也，幸不罪其烦聒。余犹不拒绝邻友者，亦正为公之不能拒绝于余。楚生之来，见而怜之否，亦在公命耳。

答郭褒荪索画书

郭星旺出门见即呼人磨墨，为弟作大幅。其笔墨稍放纵，觉苦未十分。弟之命难却耳。此后如有所委，除画梅外，或他画欲求工致者，无不应命。余昔日与弟戏言云："保五爷为我倘获千金，我当为君作画一世。"余年来齿虽没尽，尚未忘此言。但愿再求画梅。此约。

与黎松庵书

齐璜顿首：

松庵社友先生，璜自游广州归，几拟进谒，因以事卒未果，愧甚。一日独坐，回忆二十年前，与公频相晤时，退园云溪多同在座。坐必为十日饮，或造花笺，或摹金石，兴之所至，则作画数十幅。日将夕，与二三子游于杉溪之上，仰观罗山苍翠，幽鸟归巢，俯瞰溪水澄清，见蟛蜞横行自若。少焉，月出于竹屿之外，归诵芬楼促坐清谈。璜不工于诗，颇能道诗中之三昧。有时公或弄笛，璜亦姑妄和之。月已西斜，尚不欲眠。当是时，人窃笑其狂怪，璜不以为意焉。

璜本恨不读书，以友兼师事公。恒闻近朱者赤，近墨者黑。又闻圣人云：“朝闻道，夕死可矣。”窃以为物各有俦，得与有道君子游，安知其不造君子之域？故尝以得从公友为自幸焉。

近年以来，奔走半天下，轮蹄销尽。回首旧游，宛如梦寐。尤叫叹者，买山僻地，去白石愈远。平生之知旧艰于来，璜亦艰于往。独坐杜门，颇似枯衲。间欲遣闷，则徘徊于门前流水之隈。欲畏射工，含沙中影。登屋后之岭，则多荆刺。又有伏虺，见人昂首吐苦，作意不避。临风则有大蜂绕人群飞，举步多恐。安得化身为蜗牛，负其庐置之于罗山之侧而不可得，然一复知前二十年欢聚之盛，朋友之良，嬉游太平之日。此景此情，不可再得，窃自悼也。

璜十年长于公，聪明不及，有时好学之日灰。年愈老，神愈倦，有旧时有道君子其道远无疑矣。公其何以教以。

与林畏庐书

今天下如公者，无多人。昨得相见，以为平生快事。承自许赐跋润格，今将樊、吴二老为定者，呈公观览。唯老樊所定，只言每幅价若干，未分别条幅整纸。老吴所重定册页纨折扇价过高，璜拟少为变动，另纸书呈。技艺固低，知者不易。居于京华者，唯公能决非是。故敢遵命请教之。

与齐子贞书

　　翁少时之气骨闻于远近，真知余，谓为真高士。今为汝辈求人，或求而不答，何以对人？汝等不能光前，本未读书，翁不加怪，勿使翁晚年无气骨也。

与扬泊庐书

一

泊庐仁弟鉴:

久不相见为念。璜欲来弟处亦无刻暇。曾已面许欲赠吾弟山水画册。先以为今年可成,无奈年将残,俗务愈多,至今日未能画一页,殊觉歉然。越明年正月内,当拨冗为之奉上也。专此谨闻,即颂年禧。小兄制。璜揖白,廿八日。

二

笺悉。明早八时,天日尚未酷热,予待弟驾而临也。

前与住房人之事,承关切排解,相见而谢。其热异当年,不一一。

小兄弟璜顿首。即日。

三

泊庐仁弟览：

别后望为函不得，倩（请）瑞光和尚代为探定，始知吾弟之居址，特此先问平安。弟来借山作别后，本欲来尊处赠行，因与儿辈分给事，大生烦恼，以至忘却。一日事清，忽记忆之，弟已行矣，余固耿耿于怀。加以在燕京以诗画相往还者，三四数人而已。弟忽远别，若有所失。愿吾弟向后，不时通问，以慰相怀，勿相忘也。此后余得有颇可观之小幅画，亦当不时寄赠。不尽万一，即颂□安。小兄璜揖白，十月七日。

四

来函收到。吾弟新迁，当以画为赠。俟弟来借山馆时，征其雅意欲画何物。吾弟以为可，吾心即可矣。此放翁晚年名斋，曰可，并句云：只向君心可处行，吾日来久未出门。因夜来稍咳，吾弟可来借山。初十日，即外人所谓星期日，上午如何？此上泊庐仁弟。兄璜顿首，初八日。

五

泊庐仁弟鉴：

捡得所刻之印拓数方与吾弟，将所粘之印存补其未足也。如不敷，容迟再寄。心闲宜多作画为佳。兄璜顿首，四月十三日。

六

今日有友人需钱应用，欲与白石借新卖房屋之老契六纸，与他人作抵押品。吾弟归时，此契想已交出投登记。若未交去，请今夜带来借山馆为幸。泊庐仁弟。兄制璜揖，本日。

七

昨有红蓼花一幅长四者，误捡入尊画内否？此幅忽不见。如未在尊处，作罢，老年人易忘也。泊庐仁弟。兄璜顿首，二月八日。

八

泊庐仁弟鉴：

承索为画师可斋图，已画成，可随时来取去。予日来禁风寒，不敢出也。小兄璜顿首，二月廿日。

与雪庵书

雪庵禅师锡下：

　　昨复函想收到。尊寺椿香如海，可否令人送赠我辈？如可，并求多赠为善。禅师怪之，越数日始闻禅师放戒事，久未能归，今日得之放戒乃在贤良寺也。即问法安。心出家僧齐璜复。

与李苦禅书

一

承代寄来潘君一幅，不独书法入古，诗亦大佳。予常言书画工在南，不在北方也。迟当作画奉答潘君耳。弟代为一言，未另作谢。炎威珍重。兄璜复。

二

苦禅仁弟：

二函悉。璜自弟别后，中心若有所失，知弟亦然。南方风景气候与北地悬殊，游历一年可增一处之画境。又有风眠先生及李、潘诸君了日可相携，虽远客他乡，不至苦寂。平汉车通，年假回平一亲师友可矣。宣纸有最佳者带少许一看。若全刀可佳，必欲多购。若无纯棉者，可作罢。愿弟珍重。不一一。小兄璜复白，十二月一日。

与黎锦熙书

一

拙诗集《日来文岚簃》已送印页来校阅，始知先生费精神不少，可谓字字留心看过。甚感，甚感。《过洞庭观日》短古一首（樊、王皆不取者），因君称之似太白，吾自细看，此时不能为。作此短古时，吾正在家，或读太白之诗时，是学太白，未可知也。吾非无诗才，所作又无佳句，因画刻占我光阴。吾之所学，君能全知，惭愧对诸故人言。已酉后，世不变乱，读十年书，行数万里路，闭户作诗，或有可观者。吾印此集，非不自知未工，加此一色绝句，何能名集？言之汗流。总而言之，吾应知足。既画刻已有虚名，又欲作诗，近于好事。然性之所好，不得不为也。

二

尊大人与璜别后，三上书，只得一答。老书生胆小避乱之沪。沪如此，尊大人处能无枪声否？璜甚念之。新年以来有家书否？如常通音问，乞转示我为幸。先请尊太夫人福安。

与李立书

石庵贤世兄鉴：

来函始知兄台为卧龙侄戚人，兼以从事刻印。承拓来摹予所刻之印数方，刀法足与予乱真。予叹之白石刻石之替人二三子，皆在四川，不料家山又有卧龙石庵能倾心学于予。予心虽喜，又可畏可惭也。窃意好学者无论诗文书画刻，始先必学于古人或近代时贤，大入其室，然后必须自造门户，另具自家派别，是谓名家。愿贤兄察予言之是非为幸。白石行年八十又三矣，十指养上下廿又三人，日费百圆（北京通用纸币百圆可换上海纸币六百圆），苦极愁极。倘天见怜，使长途通行，予决还乡，与二三子长相往还，未卜有此缘数否。不一一，白石老人拜。三十二年七月廿五日。八月二十日。

再者：白石之印存，四册一本者，已寄卧龙一册，王铁夫一册，仙谱兄一册。请代问三处收到否。候答我。再者：白石自刻之"古潭州人"四字印，甚工。此时不见，想是自己磨去。昨想再刻，恐不能有旧刻之工。湖南若有人来北京，愿世兄将"古潭州人"四字石印赠我为望。

前年菊影欲与予为妾。予刻此印，印于笺上以慰之。一笑。

与张篁溪、张次溪父子书

一

次溪贤世兄函悉：

鄙人之诗，言俗意浅。前樊山先生赠叙刊者，乃中年作句，颇安逸。今将刊者，十六年以来作也，伤老多忧，托于题画，任笔所之，殊无雅趣，幸能自知。故居旧京十又六年，未使知诗者见笑也。今承世兄雅意，欲吾附诸诗人，使世人知有齐璜能诗。代求题词于宗君，欲谙吾诗内容，请代呈中年作一本。伤老多忧之作，尚未刊出也。即颂著富。不一一。齐璜顿首。中秋后二日。[①]

二

拙诗承少君雅意怂惠付印，并代为求以题词。此地诗文家独无君家父子赠题，何足增色？如不弃，乞数言足矣。不胜欣盼之至。即请

---

① 此信作于 1932 年。

簧溪同学先生著安。弟璜顿首，昨日九日。[①]

三

簧溪道兄先生：

承赐题拙集，增光多矣。诗之律何其严且细也。迟迟当以拙画报之。

前后二函收到，勿念。

即颂痊安。璜顿首，十月十五日。

四

次溪先生鉴：

不相见又数日矣。子威君之画已交去，云史君之《江山万里楼图》已画成。先生能代交否？如无此暇，请告我杨君住址，吾虽去过一次，早忘之矣。即颂著述兴清。齐璜顿首，二十三日。

五

昨日王揖唐君来借山馆，求画赠人婚嫁，并言请我代白弟处，无暇过话云云。吾弟所作《甑屋记》之文中有湘绮师一节，其事过于虚无，人必不信。假使王氏后人得见，或登报骂之，吾又何辞？弟又何以辞其咎？吾与弟言湘绮对吾事，乃郭保生口出，未必真。即令万一有之，吾所与弟言，何曾有弟之文章虚谎？吾将登报声明，以免王家罪我。况弟

①　此信作于 1932 年。

作甑屋之文章，未必佳妙也。昨与直言其勿存此稿，弟似不肯舍却。吾有意登报声明。不一一。此上。次溪仁弟谅鉴。璜顿首，六月廿一日。

六

次溪贤契：

函悉。余昨答之函，吾贤竟寄金君。是全函寄去否？吾欲明年自忆事略寄去，方求金君下笔作文，不用吾贤所拟之事略也。并不要作生圹铭也。吾贤如曾函求金君作生圹铭，请再去函暂止之。璜顿首。

七

光奎乃儿辈之门客也。年少多才，以诗稿寄燕索和，次韵答之：

多病多忧涕泪横，危时患难想兵精。

诸君收泣筹戈戟，大事难为负络缨。

遗祸战争兹片土，坐观成败古长城。[1]

榆关咫尺千余里，痛哭人民满旧京。[2]

偷活偷安老不然，鱼虾误我负龙泉。

还家短计愁无雨，得米晨炊乱晚烟。[3]

世可埋忧无净土，身能成佛隔西天。

---

[1] 秦始皇万里长城在榆关外，古迹犹存。——白石自注
[2] 时榆关失守。——白石自注
[3] 日来料理迁居，忘其无米，使儿辈上市购归，日已久矣，方食早餐。——白石自注

中虚 [1] 知命为吾道，苦独还期二十年。[2]

壬申小年日，齐璜初草。

此笺忘其寄去。癸酉夏，次溪弟见之，索即与之。

八

承代曼云索题画册，昨夜枕上得二绝句，寄与先睹为快。

次溪仁弟，白石山翁顿首，三月二十二。

喜见张敞画眉初，不丑吾穷女丈夫。

能把闲情寄虫草，曼云精室读书余。

精神费尽太痴愚，何用乳名与众俱。

老想此身化蝴蝶，任凭门客与蘧蘧。

题曼云画册，先寄次溪弟一见为快。

白石草草。

九

次溪世兄先生鉴：

来示悉。璜年来多病，苦于作诗，有索诗而未答者众，实老年人

---

① 李中虚，古之短命者。——白石自注

② 知命者谓吾命无子，不知何以言之矣。再活二十年，谓吾当活至九十余岁。——白石自注

不能强为也。今承先生雅意委画《双肇楼图》，较之作诗则易，当欣然报命，愿勿促迫能事为幸。画成时当送来贵宅不误也。即讯。述安

齐璜揖，六月一日。

十

承索画《双肇楼图》，以布置少，能见广大，觉胜人万壑千丘也。贵楼题词甚多，不必写于图上，使拙图地广天空。若嫌空白太多，加书题句，其图有妨碍也。先生高明，想不责老懒吝于笔墨耳。请使人携尊笔书数字取去可矣。次溪世兄仁先生大鉴。璜揖，二十五。

十一

读书要晓偷闲暇，雨后风前共远观。

难得添香人识字，笑君应不羡神仙。

曾为画《双肇楼图》，又索题句，寄此二十八字。

次溪世兄先生一笑。齐璜草。

十二

《双肇楼图》昨题一绝句，未尽其意。昨夜为雷雨而醒，枕上又凑二十八字，殊不成句，姑寄上，另笺。昨寄之笺请作废。次溪世兄先生。齐璜白，八月一日。

十三

篁溪学长鉴：

　　示悉。文稿已灯前三复矣，甚佩甚佩。学长贵恙，秋风不宜，春来不须药物自愈。天寒时虽有苦状与长年无碍也。吾有戚人，少年即喘，今年八十八矣，尚健。承怜爱，不欲次溪世兄代人求画，甚感。璜平生所不愿为者，唯画图。十六年中，仅为雪庵和尚画一《不二草堂图》，非无求者，实未应也。寄萍旧京十又六年，曾为几人画图哉？吾之润格已载有"不画图"之数语。古人有图者不过数人。独次溪世兄邀求之，吾见其年少多才，偶尔应之。其后世兄代璜求人题跋拙诗草，凡题草亦代许以画图为报，即此债主有四，未识何时可报答耳。次篁世兄欲求此种画，请迟迟何如？吾寿必长，伊年尚少，欲报学兄之代索有期矣。贵恙秋冬不宜离室，请勿出，欲来谈，且待来看春暖未迟也。述安此颂。弟齐璜上复，重阳后四日。

十四

　　登高日吾分得"闻"字，恐不能应，因自来平以来，作画用心过多，未曾作过律诗。非不能作，实不愿作也。况近来有心病，尤宜静养。前数年虽有题画之诗，故皆绝句。诗者乃余画之余事也。因余亦有三余：画者工之余，诗者睡之余（绝句诗可枕上作），寿者劫之余。一笑。重九弟得"用"字，另条。今日与子威君痛谈将半日，此公可佩可佩。璜顿首。昨日重阳。

十五

函悉。日来因拙妾脍病已成，医者三四人，皆言不可治，余忧之甚切。小孩子五六人，谁为携抱以及布制衣服也。万事心灰，金先生作文事，请作罢论，不必再劳雅意问及耳。此上复。次溪贤侄。璜顿首，即日。

十六

次溪贤侄：

来函悉。许画隐君之索画隐园畔图，先拟为赠画。吾自去年拙姬病危后，吾之心病又作，不能思想。厂肆之纸店求画山水人物者，皆拒绝之，此生不复再为。画隐先生来函并诗笺，今日收到，亦言及画图。吾贤如答画隐君，请代为言谢，并告吾之病状。赵君幼梅相念甚笃。吾贤所转来之诗，情见于词，甚可感也。亦请代为致谢。恕不奉和。不一一。即讯侍福百宜。

齐璜顿首，正月廿日，三月五日也。

十七

次溪贤世侄鉴：

吾贤昨日之来借山馆，是否因吾有电话请来者，电话乃马生代发。若是得吾电话而来，是吾约来，何得不接见？即未得吾电话，吾贤之来必有诗文事件相商，吾亦不至拒绝也。从来忘年交未拘于形迹，嬉笑怒骂，皆有同情，是谓交也。一访不遇，疑为不纳，吾贤非也。一函不复，猜作绝交，吾贤尤非。虽往还有年，尚不见谅老年人之心，猜疑之心长存，直谅之心不足，吾贤三思。要知吾之无望之小儿，信口答话，与应门之村妇，两不相符，不足怪也。是非何有也？璜白，三月九日。

十八

次溪世侄鉴：

久不通音问，各无稍暇也。予于宗子威兄亦久不通音问，前二年伊在岳麓山寄来古诗一首，予因年来不苦思索，故未和答。予此时无事，加以一跌，左腿已成残疾，思与故人函谈。伊此时尚在岳麓否？请详细告我。再者，予与赵君幼梅一函，邮寄退还，想是迁移，请弟加封寄去为幸。想赵君互相思念，必有同情也。

尊大人平安。白石顿首，九月十日。

十九

王君揖唐由天津寄来《国闻周刊》，其间有《今传是楼诗话》收入白石拙诗。欲作函为道愧，不识王君居天津之信址，请吾弟告我。

尊大人处均此请安。小兄璜，七月一日。

二十

门人邱生求题画幅：

诸君欲作避秦人，大袖宽衫①且缓行。

万物尽非云水是，山云飞去水云生。

次溪仁弟一笑。癸酉六月，小兄齐璜草。

二十一

次溪世兄：

惠函悉。去年别后，少冒寒，鼻涕不止。表散之，而后又伤寒，不可治矣。只稍咳，不用药，延至小年方肉食。至廿七日，忽又牙痛。旧节元旦就医，至今日尚约往治也。去年所约，且迟迟俟病去，将《莲池书院图》及《明灯夜雨楼图》及《握兰簃填词图》一一画去后，天日渐暖，有函通知尊处，同往张园一游也。请致意尊大人，未另函。即此问安。不一一。齐璜上言。

二十二

次溪贤世兄：

昨日细心将同乡周君之诗集数来，每页共二十四行，一行二十八字，恰好绝句诗一首。并题目，一首诗只占两行，一页可印诗十二首。余曾在黄怀英印刷局估价，八十页需四百八十元，若到百页照加。又数《梦还集》，一页恰好写七绝诗六首，若论页数，恰多一半。若印石印，近两百页，印费需千余元。然李荩公之字，我钦佩至极。

---

① 言画中人物之态度也。

字法古极，笔情秀雅，生龙活虎，捉拿不住。今以扇面一，求蓬公一书，以作纪念物。敬奉润金六元，并奉赠画一幅，并题记，请一并转去。扇面之字，一折一行可矣。不必工细。不一一。璜顿首，初四。

二十三

次溪世兄先生：

承尽心力得晤李君，伊既肯许抄写，其格式样如寄来尊处，求君代觅刻格式之人刻之，即为刻北平研究院用笺之人可刻。并请代购纸张，作成格本，其格本页数宜多，写竟后有剩余无妨也。格本亦不妨多印，或作十二本，或作廿本。格色宜乌丝，深黑色更好。本子面纸用厚牛皮纸最佳，拙诗集之画纸，即厚牛皮单纸一层。共费若干？请代付，吾一并奉上也。谚云："贤者多劳"，此之谓也。将来求费心力之事尤多。总之，以多刻多画报之，请预喜之。不一一。璜顿首，九月一日。

二十四

次溪仁世兄先生鉴：

前来函未复者，因俟李蓬庐复兄之函后，方奉答也。先本请孙诵昭女士介绍，孙见李后，来借山，谓李君雅意承写。且云写价从廉，每百字银三角，是时拙集尚未请人校字，请孙将诗稿暂行取回，校后再请抄写也，绝无他意。其诗稿请黎绍熙校，尚未取归。李君答兄，谓此中情节非面谈不可。九字中，似有所说耳。请兄面晤李君说明，能写为好。李君如能承写，润金外可赠以画一幅，其价请兄代妥定便是。璜最爱南湖老人诗稿之书法佳，想照印，觉与诗句增色也。

兄欲索璜画，请容迟，当应雅意。若久不奉报，请再函告，恐老年人善忘也。讯文安。齐璜顿首，八月十八日。

二十五

次溪仁弟：

文岚簃又送书本样式来，丝线不粗（先以言定最粗丝线，照周人诗本样），其纸亦不如周大烈诗集之佳。纸不佳，此时无须言矣；丝线不符定字（该号开来定书之条），吾弟可为以直言与论，可免成书后有无谓之谓也。并令早早装订。若迟迟不交书，或北平多故，不与著作者相干，自当该号负责。

侍福百宜。兄璜顿首，十八。

二十六

白石诗集，文岚簃又送样本来，添改之字颇雅，较之刊误表好多也。不一一。

尊大人恕不另复。

小兄璜顿首，四月十六日。

二十七

日来为李释堪画《握兰簃填词图》，甚佳，已取去，今日又为吴北江画《莲池书院图》，似不恶，请吾贤代交为幸。赵幼梅是《明灯夜雨楼图》否？将欲动笔也。

次溪仁世侄。齐璜白。

二十八

连日以来画《明灯夜雨楼图》，三复始成。吾贤暇时可来一看，并请代交寄去也。

次溪世侄。璜顿首，三月四日。

二十九

闻灵飞葬事已完毕，赠画一言已作罢。此上，次溪仁弟。白石顿首，十二日。

三十

《耕隐图》债已欠三年，今已画成。《红鹤》亦了事。此后代人求我，复代我求人，不必为也。吾能作诗，乞人赠诗，人必窃骂好出色。吾愿吾贤自多作诗，勿专收他人所作也，何如？二画可来取去。

次溪仁弟。璜白。

三十一

次溪仁弟：

连日以来未通音问，予将被炎威逼死矣。前三四日见《华北晚报》诗栏内有一诗，题《向次溪索白石翁诗集》，作者为林二爷。林二爷为谁？予欲问伊之住址，想弟能知，请告我，可寄去诗集一本也。

尊大人不另上问。璜。

三十二

次溪弟来舍，值予出矣。三石及润金收到，润例每字本四圆八角，弟之友人所托，每字只收四圆可矣。予再赠刻傍边之上款，以报弟往来之心力耳。

请迟四三日来取。白石。

三十三

次溪仁世侄：

来函知清吉，甚喜。前来数函谓未复，予在恍惚间答否亦如是。记忆不能清白，因老矣。尊大人来函，谓旧时曾许赠画，请予践约。予已画成将两月，未送往。承索画价格，另纸。金玉自重。

愚叔齐璜复上。

三十四

示悉。文楷斋刻工样页真工。月来小儿嬉于市街，忽有犬向前作咬状，幸未咬破皮肤。我疑为疯犬，中心不乐。有无传染犬疯？本市如有人能看识，能决有无传疯？请介绍其人。不详答。

次溪贤世兄先生。齐璜顿首，二十六。

三十五

幼梅尊先人欲画扇画，请以素面来，余欲赠之，恐折多折少不合求画者之意也。幼梅君之笺发还来。不一一。次溪仁弟。齐璜白。

三十六

次溪仁弟：

今日有同乡人，携吾三十岁以前初学之诗三十余首，已裱成册，索我题记，诗与字可谓双丑矣。尊大人介绍二客吾已接见，君请代为言谢，并告吾之病状。赵幼梅相念甚笃，吾贤所转来之诗，情见于词，甚可感也。亦请代为致谢。恕不奉和。不一一。即讯侍福百宜。齐璜顿首，正月廿日，三月五日也。

三十七

次溪仁世弟：

承送来藏斋居士临观海帖一部，三复之。其味真与苏家乱真，可谓得其神矣。璜久欲上赵先生书，未果。弟如见面时，乞代为一述其意为幸。赵公常惠诗笺，未一答，甚愧。然可炎威慎重。齐璜白，五月初十日。

三十八

次溪仁兄鉴：

承索余题《江堂侍学图》，已得二绝句，请亲临借山取去。齐璜白，十二月十六日。

三十九

吾即为次溪世兄先生画《双肇楼图》，又索题句。补寄七绝二首：

读书要晓偷闲暇，雨后风前小愒天。

难得添香人识字，笑君应不羡神仙。

多事齐璜为写真，元龙百尺著双星。

目明不必穷千里，幸有西山生白云。

壬申季夏，璜草。

四十

次溪弟悉：

赛金花之墓碑已为书好，可来取去。且有一画为赠，作为奠资也，欲请转交去。闻灵飞得葬陶然亭侧，乃弟等为办到。吾久欲营生圹，弟可为代办一穴否？如办到，则感甚。有友人说死邻香冢。恐人笑骂。予曰：予愿只在此，唯恐办不到，说长论短吾不闻也。即颂侍福百宜。白石璜顿首，十日。

与赵幼梅书

幼梅仁兄有道鉴：

　　予与道兄身衰年老，同病相怜，未知近来安否？想彼此悬悬也。不一一。弟前初九日早起开铁栅栏，忘记铁门之铁撑，阻其足，其身一倒，邻家闻有伐木倒地声，几乎年将八十之老命死矣。今日始坐起作此数字。其足已成残废也。又及。弟齐璜顿首。八月十六。

与马璧书

一

光奎世兄鉴:

去岁来函并诗稿，即次韵并答复。今又得函，始知前寄未收到。再次韵诗另纸钞，来只可博一叹耳。白石稍负微名，中外知其姓字，非双挂号不能到。凡中国邮局见有"白石"二字，无论字画诗稿不能达到。白石诗集画册容迟寄上也。诗出书在夏历三月间，特复。

尊大人处未另函。齐璜顿首，夏历二月十一日夜。

二

光奎吾贤:

如见。函悉。吾贤年少志高殊足令人羡爱。吾乡曾有某秀才。某秀才大有一乡之名，自负不凡之器，未必果享。吾贤远胜若辈自可信矣，此语不可与作秀才者言。来函语气及字样纯是古文，自谓文学韩子，不虚也。处此时代不易得见耳。吾喜家乡食物，菌面之皮淡集色者是，皮白色者为石灰菌及红皮者皆味苦极不可食。尤有绿皮菌夏日始生，以柴火熏干，炒鸡鸭远胜鸡鸭汤煮白菜也。吾贤如能易办，愿不时寄来，当另图报。如不易得勿强也。尊大人不另。齐璜白复。

三

光奎仁弟鉴：

承赠食物，谢谢。吾贤之画，摹活了，有生气，可喜也。总宜多画为佳。吾终日忙，无谓也。不一一。齐璜顿首，十二月二十七日。

四

光奎仁弟：

承问王君之更胜，人多财，故为上海商务总会之会长，画名在日本最高（名高于画）。于诗之道，吾未闻也。弟之诗文既学唐宋人，且所作甚佳，何苦趋名时流？从此，君研究画理可矣。承问，故直言之。尊大人不另。璜复，十月卅日。

五

光奎仁弟：

顷捡夏秋以来之函件，始见弟前四月之函及画，已忘却，尚未答复也。吾他日还乡必带归，弟可重见。吾贤之天分殊绝于人，稻秧工极，吾甚爱之，愿以赠吾为是。画虾贱妾能知其佳，亦强夺去。吾所画人物山水翎毛花卉草虫无不为，人独谓余只能画虾蟹。学吾者众，未有如弟顷刻工夫至此。桑麻一幅，发还。纸短麻长，局似促跻。麻顶上如有余纸四五寸，画局成矣。命意及下笔皆大方，只是画局未必妥恰，不成格局，故将此幅还来。用笔用墨不用更换。如是画去，一定成家。吾所希望者，可以照吾所言再画一幅。往后如寄来有画，当批墨发还。弟寄此画来，已经八个月之久。老翁善忘，汝何以无函问及。少年人求指南针示出路，不必高傲。谦受益，吾贤须知。吾之近刻之石印，拓寄十印，愿细玩其味。汝自刻之印"马璧"可用，"光奎"未工。齐璜白复。

六

光奎吾贤：

　　寄来与邮局一笺已为交去，想有支吾之语复吾贤。予居故都，所烦恼者寄书画。因予画不易得，偷窃常有事。譬如寄画两三幅偷去一幅。此事无可奈何。又承寄来猪杂干肉，烟火力纯，味美香清，无烧烤气，丙子除夕即食之，谚语所谓过了一个好年。甚心感，复为太息。多情者不在亲人，容迟迟。无论何时，有偶得不丑之画，再寄赠也。与汤人水注事，吾有老契叠叠，接余水注荫，亦有老额流传。汤人强塞来水口，是有汤家之余恶。今承吾贤排解，两家书有遵依甘愿字样否？若无笔墨，汤人必有反复之举。吾有一意，请官临看。此数亩已为儿辈所有，予有意办清分给，不得与外人有争论。承吾贤从场，想汤人不敢违中，再行无理多事也。予总之一言，诸事感激。画与刻工近复何如？并讯。尊大人多吉。老画师璜上言，丁丑元旦。

与寿山书

寿山先生鉴：

往后若有外国人请先生当翻译者，余请先生且莫答应他。或有外国人来北平，要与予求画，请先生不必事先报告。若有外国人探问余之住趾（址），请先生切莫指示。倘先生听余此言，余不胜感激之至。齐白石言。十六日。

与郭秀仪书 *

秀仪夫人女弟子鉴：

老身无恙，勿劳悬悬。得汝函知琪翔弟吉祥。汝来函三两次未答，甚歉。每由高尚谦处得见汝函，无不问及老翁也。汝五月一日与函，收到。为卖画之事，日间汝来京时带来奉上云云，甚感。老人旧有少年时所作工笔虫子册页及大小诸幅，多数幅颇精，亦候汝来京时交赠吾女弟也。并有画赠琪翔弟。承汝代裱画十三幅，裱钱不用琪翔弟管理，老人自宜。谢谢劳神足矣。老人一家穷，忌言多钱。愿弟慎之慎之。

---

* 此信作于20世纪50年代初。

致儿书札 *

予愿搬回跨车胡同老屋。数十年生活计等计习惯。儿辈宜善体老人心意。乃翁示。

---

* 此札作于1957年。

齐白石年谱

序一 *

民国三十五年（1946）秋天，齐白石先生对我表示，要我试写他的传记。有一次他亲自到我家来，把一包传记材料交给我看。我很感谢他老人家这一番付托的意思，当时就答应了写传记的事。

那时我新从国外回来，一时腾不出时间来做这件工作。到民国三十六年（1947）暑假中，我才有机会研究白石先生交来的这些材料：

（一）《白石自状略》（白石八十岁时自撰，有几个小不同的本子）：

甲、初稿本；

乙、初稿抄本；

丙、初稿修改后印本（《古今半月刊》第 35 期）；

丁、写定最后本。

（二）《借山吟馆诗草》（自写影印本）。

（三）《白石诗草自叙》。

甲、初稿本；

---

* 本年谱由胡适、黎锦熙、邓广铭编写，1949 年 3 月于上海出版。

乙、改定本。

（四）《三百石印斋纪事》（杂记稿本）一册。

（五）《入蜀日记》残叶。

（六）《齐璜母亲周太君身世》（白石自撰）。

（七）《白石诗草》残稿本，这里面有临时杂记的事，共一册。

（八）《借出图题》（壬申抄本）一册。

（九）《齐白石传》（未署名，似系王森然作，抄本）一册。

（十）白石老人杂件（剪报、收函等）一小包。

我读了这些材料，很喜欢白石老人自己的文章。我觉得他记叙他的祖母、他的母亲、他的妻子的文字（那时我还没有看见他的《祭次男子仁文》）都是很朴素真实的传记文字，朴实的真美最有力量，最能感动人。他叙述他童年生活的文字也有同样的感人力量。他没有受过中国文人学做文章的训练，他没有做过八股文，也没有做过古文骈文，所以他的散文记事用的字，造的句，往往是旧式古文骈文的作者不敢做或不能做的！

试举几个例子。白石写他的《母亲周太君身世》中有这一段：

　　田家供灶，常烧稻草，草中有未尽之谷粒，太君爱惜，以捣衣槌槌之，一日可得谷约一合。聚少成多，能换棉花。家园有麻。太君春纺夏绩，不歇机声。织成之布，先奉翁姑，余则夫妇自著……

又有这一段：

　　太君年三十后翁弃世……从此家境奇穷。〔太君〕恨不见纯芝兄弟一日长成，身长七尺，立能反哺。……

前一段记槌谷粒，古文家也许写得到。后段"恨不见纯芝兄弟一日长成身长七尺"，古文家绝不敢这样写。白石的传记文字里，这样大胆的真实描写最多。如他说：

吾居星塘老屋，灶内生蛙，始事于画。

"灶内生蛙"四个字岂是古文骈文家想得到的！又如他记民国七年在紫荆山下避兵乱的痛苦：

时值炎热，赤肤汗流，绿蚁苍蝇共食，野狐穴鼠为邻。如是一年，骨与枯柴同瘦，所有胜于枯柴者，尚多两目，惊怖四顾，目睛莹然而能动也。

又如他记民国八年他避兵乱北游时的心绪：

临行时之愁苦，家人外，为予垂泪者尚有春雨梨花。过黄河时乃幻想曰："安得手有嬴氏赶山鞭，将一家草木过此桥耶！"

这都是他独有的风趣，很有诗意，也很有画境。

我读完了白石先生交给我的这些材料，我就把一切有年月可考的记录分年编排，有时候也加上一点考订。当初我本想完全用白石先生自己的话作材料，所以我曾想题名作"齐白石自述编年"。编年的骨干当然是他八十岁时写的《白石自状略》。但我不久就发现了《自状略》

引用时必须稍加考订。第一，因为《自状略》的本子不同，有初稿和修改稿的差别。第二，因为老年人记忆旧事，总不免有小错误，故我们应该在可能范围之内多寻参考印证的资料。第三，我最感觉奇怪的是《自状略》的年岁同白石其他记载里的年岁，往往有两岁的差异！《自状略》是他八十岁写的，其时当民国二十九年（1940）。从民国二十九年上推，他的生年应该是咸丰十一年辛酉（1861）。但我研究白石早年的记载，如《母亲周太君身世》等篇，白石是生在同治二年癸亥（1863）。我当时不敢亲自去问他老人家，只好托人去婉转探问他结婚时是和陈夫人同岁，还是比陈夫人小两岁。（白石《祭陈夫人文》说："同治十三年正月廿一日乃吾妻子归期也，是时吾妻年方十二。是年五月五日吾祖父寿终。"《自状略》说他自己十二岁时祖父死。故我要他替我解答这个编年上的矛盾。如果他和陈夫人同岁，他们都是同治二年生的了。）但我得到的只是一个含糊的答复，我就明白这里面大概有个小秘密，我只好把我的怀疑与考据都记在初稿的小注里，留待我的朋友黎劭西（锦熙）先生回来解答。

《齐白石自述编年》是我在民国三十六年八月写成的。我把一本清抄本送给白石老人自己审查批评。我的原稿留在我家里，预备黎劭西回到北平时我要送给他看，请他添补改削。劭西回湖南去了，直到民国三十七年（1948）四月才回北平。他和白石老人都是湘潭县人，两家又有六七十年的亲切交谊。所以我早就打定了主意，这部《白石年谱》必须得着劭西的批评订补。他回到北平不到两个月，我就把我的原稿送给他，很诚恳地请求他同我合作，完成这件工作。

黎劭西先生费了半年的工夫，添补了很多的宝贵材料，差不多给我的原稿增加了一倍的篇幅。他的最大贡献，至少有四个方面。第一，他时常去访问白石老人和他的儿子子如先生，他的女儿阿梅女士，从他们的口头手头得着不少资料，可以订正我的错误，解答我的疑问，补充我的不足。最重要的是查得白石老人因为相信长沙舒贻上替他算的命，怕七十五岁有大灾难，自己用"瞒天过海法"把七十五岁改为七十七岁！这一点弄明白了，年谱的纪年才可以全部改正。白石老人变的戏法能够"瞒天"，终究瞒不过历史考证方法！第二，劭西最熟悉湘潭一带的文物掌故，又熟悉白石老人做木匠时代的生活，故他不但替我注释了胡沁园、陈少蕃、萧芗陔、文少可诸人的名号事迹，并且用了许多有趣味的资料，把那个"芝木匠"时代的生活写得很充实，很生动，使我们明了当年湘潭一带的艺术文化背景，使我们知道天才的齐白石受到了那个历史背景的许多帮助。第三，劭西对于绘画与刻印，都比我懂得多多，所以他能引用一些我不知道的文件来记叙白石在这两方面的经验与成就。特别是在学习刻印的经过，劭西的增补最可以补充我原稿的贫乏。第四，劭西有终身不间断的日记，他用了他的日记来帮助考订许多白石事迹的年月。他在自序里曾说他将来也许还可以从民国十三年以后的日记里寻出一点新材料来给《白石年谱》做"补遗"。我盼望他不要忘了这件补遗的工作。

劭西把他订补的《白石年谱》送给我看，那时已是民国三十七年（1948）十一月了。我又请我的朋友邓恭三（广铭）先生把全稿拿去细看一遍。邓先生是史学家，曾作过陈龙川、辛稼轩的传记。他和他的夫人、他的大女儿，都曾校读过我的《白石自述编年》初稿。恭三看了劭西订补本之后，来问我为什么不曾引用八卷本《白石诗草》的材料。我竟不知道白石自写影印的《借山吟馆诗草》一卷之外，还有一部八卷本《白石诗草》！劭西见我引用了《白石诗草自叙》，他猜想我必定已见了《诗草》全部，所以他也没有复检这八卷《诗草》。我请恭三放手做订补的工作。他不但充分引用了《白石诗草》里的传记资料，他还查检了王闿运的《湘绮楼日记》《湘绮楼全集》，和瞿鸿机、易顺鼎、陈师曾、樊增祥诸人的遗集。他还没有做完这部分工作，我已离开北平了。在民国三十八年（1949）开始的几天，恭三夫妇和他们的大女儿分工合作，抄成这一部《白石年谱》的定本，辽远地寄给我。

这部《白石年谱》大概不过三万字，是黎劭西、邓恭三和我三个人合作的成果。我们三个人都是爱敬白石老人的，我们很热忱地把这本小书献给他老人家。他在八十五岁时曾有诗句：

> 莫道长年亦多难，太平看到眼中来。

我今天用这两句诗预祝他九十岁的寿辰。

我们本想请徐悲鸿先生审查这本小书，并且要请他挑选白石老人各个时期的代表作品来作这本《年谱》的附录。眼看这是不可能的了。我很感谢汪亚尘夫人和顾一樵（毓绣）先生从他们收藏的白石作品里挑出一些最可爱的精品来给这书作附录。

胡适三十八（1949），二，九

序二

　　我从四岁时就跟着齐白石先生一块儿在家乡玩儿，一直到现在，有五十五年之久的关系，所以胡适之先生让我参加撰定他的年谱，真所谓谊不容辞，责无旁贷。

　　胡先生于民国三十六年八月已写定初稿四册，那时我正因事离开北平，到三十七年四月才从湘返平，六月胡先生把全稿交给我，我读过之后，心想：第一，所据白石《自述》材料的本身偶有错误，胡先生多用考证的方法发现出来，最好就请白石先生本人在原有材料上自行改正。第二，原有材料实在还有不够的，更需要他自己"用喉舌代纸笔"，即如他学画和刻印的过程，他的生活和他的艺术进展的关系，我虽然也略知道一些，可是并非本行，还得向他做个较长时间的访问。因此，从七月起，过门辄入，促膝话旧，经过半年，就胡先生的原稿随手订补。但是，年纪快到九十岁的白石老人，回忆往事，每不能记为何年。有时先后差上十几年他也不在乎。例如在清宣统元年己酉（1909）以前，他游过西安、北京、上海、南昌、桂林、梧州、广州、钦州以及苏州、南京各地，他自称"五出五归"，经胡先生考订只有三出三归，问他自己，他自己也不能断定，只说："或者有两出两归是在己酉以后吧？"他的次子子如和次女阿梅，现在北平，邀同检讨，他们那时尚幼，也觉"余生也晚"，不敢断定。有一天，我忽然想起，我自己的日记是从清光绪二十九年癸卯（1903）写起的，现都藏在北平，何不取来一查？结果就得出他四出四归的证据，还有一出一归是在己酉前一年，那时我已在北京，所以日记中没有关于他的记载。这么一来，我的直接访问的工作，仍须回到旁征曲引的考据路线上去。

于是我把我的日记来做旁证的材料，凡关于白石先生的记载，打算都摘下来，酌采注入他的年谱中。可惜我这个工作没有彻底做好，因为从癸卯至今四十五年间大小数十册的日记，并且从民国十一年起改用注音符号写的，从民国十六年起，又改用译音符号的国语新字，要查某人的姓氏名号，不如汉字之容易映入眼帘，非有工夫一行一行地细看不可，所以《白石年谱》中自民［国］十三［年］以后，就没有逐年逐月检寻我的日记，只把有关的事情抽查几处，补入注中。将来我若是根据自己的日记来自订年谱时，或者还可以给《白石年谱》写出一点儿"补遗"来，也还可以替往来较密而最久的师友们找出一些编订年谱的材料。

在这"回到考证路线"的原则下，邓恭三先生对于这部《白石年谱》的订补工作是更有价值的；他从白石同时人的著述里，如《湘绮楼日记》等，找到一些有关的材料；又把胡先生所据白石的《自述》材料复查一遍，拣补了一些。这部稿本重新缮定之后，看起来相当充实，可以出版了。

齐白石先生是一个天才的艺术家，但他更从七八十年来的环境中，磨炼了基本的实际功力，又收积了广博的创作经验。我对此道，虽幼年跟着他胡乱学习过，究竟不算内行，在年谱的按语中已经偶有几句叙评，应候专家批判，这序中不再絮说了。

黎锦熙三十八年一月四日

于北平语小社

年谱

齐氏原籍砀山，明永乐时，落屯于湘潭晓霞峰的百步营。

十三世　盛窣公。

十四世　添镒公（始葬于杏子坞星斗塘）。

十五世　潢命公，行三，呼为命三爷。

十六世　万秉公，字宋交，呼为齐十爷，白石祖父。清嘉庆十三年戊辰（1808）十一月二十二日生，同治十三年甲戌（1874）五月五日殁，享寿六十七。配马氏，嘉庆十八年癸酉（1813）十二月二十三日生，光绪二十七年辛丑（1901）十二月十九日殁，享寿八十九。

十七世　贳政公，字以德，白石父，道光十九年己亥（1839）十八日生，民国十五年丙午（1926）七月初五日殁，享寿八十八。配周氏，道光二十五年乙巳（1845）九月初八日生，民国十五年（1926）三月二十五日殁，享寿八十二。

清同治二年（一八六三）癸亥

十一月二十二日，齐白石生于湖南湘潭县南百里之杏子坞星斗塘老屋。派名纯芝，后名璜；字渭清，又字兰亭（祖父所命）；号濒生；别号寄园、白石山人、寄幻仙奴、寄萍堂主人、老萍、萍翁、阿芝、木居士、老木一、三百石印富翁、杏子坞老民、借山吟馆主者、借山翁。

白石之父名贳政，母周氏。白石自记《母亲周太君身世》云：

> 太君，湘潭周雨若女。年十七，归同邑齐贳政。两家皆良民，故清贫。于归日，检箱，太君有愧容。姑曰："谚云，好女不着嫁时衣。"太君始微笑。三日则恭亲井臼，入厨炊爨。
>
> 田家供灶，常烧稻草。草中有未尽之谷粒，太君爱惜，以捣衣槌槌之，一日可得谷约一合。聚少成多，能换棉花。家园有麻。太君春纺夏绩，不歇机声。织成之布，先奉翁姑，余则夫女王自著。年余，衣布盈箱，翁姑喜之。
>
> 太君年十九，生纯芝，名璜。璜小时多病，每累母。忌食擅腻，恐从乳过。太君过新年，尝不知肉味……

又白石《三百石印斋纪事》云：

> 戊辰十一月二十二日乃璜祖父重开花甲之期。……璜生时，祖父尝与祖母言曰：此孙他日当不忘吾诞辰，吾与伊同月同日也。

（适按：周太君年十七嫁齐家，年十九生白石。太君生于道光二十五年乙巳〔1845〕，十七当咸丰十一年辛酉〔1861〕，十九岁当同治二年癸亥〔1863〕《周太君身世》是白石亲笔，则白石生年自应在同治二年，而咸丰十一年则是他父母结婚之年。白石当七十五岁时，采用星命家"瞒天过海法"，自己增加了两岁。他自己在八十岁时写《自状略》，其实他那时只能算七十八岁。后人依据《自状略》上推他的生年在咸丰十一年辛酉〔1861〕，实是被他"瞒"了。）

同治五年（1866）丙寅

白石四岁

　　天寒围炉，王父就松火光以柴钳画灰，教识"阿芝"二字。阿芝，余小名也。

——为人题《霜镫画荻图诗》自注

同治六年（1867）丁卯

白石五岁

二月，弟纯松生。（字效林，殁于民国十九年庚午，年六十四）

同治九年（1870）庚午

白石八岁

[是年] 始从外祖父周雨若读书于白石铺枫林亭。

　　白石幼时，祖父（名万秉）常以指画字以膝上，或以炉钳画灰上，教他认字。一日或数十字，白石能不忘。祖父每叹息。白石的母亲知翁忧孙子无力从学，遂说：

儿媳往年有槌草之谷四斗，存于隔岭某银匠家，为买钗计。可取回买纸、笔、书本。阿爷明年邀村学于枫林亭，纯芝可免束脩，朝去夜归，能得读书一年。

——《周太君身世》

白石自记读书村学时，每逢"春雨泥泞，祖父左提饭箩，右擎雨伞，朝送孙上学，暮复往负孙归"。

白石自记，他"性喜画，以习字之纸裁半张画渔翁起。外王父（周雨若）尝责之，犹不能已"。

是年秋，白石因病，停止上学。"在家，以记事账簿取纸，仍旧习画。"

白石上村学，不满一年，病愈后，因家贫需人助力，故不再入学，即在家放牛砍柴。白石自记云：

一日，王母曰："汝父无兄弟，〔吾〕得长孙，爱如掌珠，以为耕种有助力人矣。汝小时善病，巫医无功。吾与汝母祷于神祇，叩头作声，额肿坟起，尝忘其痛苦。医谓食母乳，母宜禁油腻。汝母过年节，尝不知肉味。吾播谷，负汝于背，如影不离身。今既力能砍柴为炊，汝只管写字！俗语云：'三日风，四日雨，那见文章锅里煮？'明朝无米，吾孙奈何？惜汝生来时，走错了人家！"

于是将《论语》挂于牛角，日日负薪，以为常事。

——以上见《白石自状略》手稿甲本

白石自记他牧牛时的情形云：

　　纯芝及弟纯松尝牧牛，归来迟暮，姑媳悬望。祖母令纯芝佩一铃，太君加铜牌一方，上有"南无阿弥陀佛"六字，与铃合佩，云可被除不祥。日夕闻铃声渐近，知牧儿将归，倚门人方入厨晚炊。

——《周太君身世》

又，《白石诗草》题画牛诗自注云：

　　余幼年常牧牛，祖母令佩铃，谓曰："日夕未归，则吾倚门；闻铃声，则吾为炊，知已归矣。"

又，《白石诗草》有《山行见砍柴邻子感伤》，自注云：

　　余生长于星塘老屋，儿时架柴为叉，相离数武，以柴耙掷击之，叉倒者为赢，可得薪。

白石祖母姓马，父名传虎，湘潭人。王闿运撰《墓志》说：

　　生十岁，丧母，能自成立，孝事严父，慈育两弟。年十九，归同县齐君万秉。两姓寒族……始婚三日，椎髻执爨，井臼躬职。……夫性刚烈，婉之以礼。（白石自撰《祖母墓志》云："万秉公性刚直，负气不平，常与人争论，大母闻之，辄以言解之。"）敬顺舅姑，克和娣姒，尤精纺绩，衣布有余。……有一子二孙，慈勤顾复，每助秋获，带笠负雏。众笑其痴，已增其爱……

是年十一月，白石的三弟纯藻（字晓林）生。

同治十三年（1874）甲戌

白石十二岁

是年正月二十一日，娶妻陈氏，名春君，是年亦刚满十二岁（同治元年壬戌十二月二十六日生）。

五月五日，祖父万秉公病殁。《白石自记》云：是时"家财仅六十千文，尽其安葬。于是吾父一人耕，儿女多，无计为活，令吾学于木工。吾妻事祖翁姑之余，执炊爨，和小姑小叔，家虽贫苦，能得重堂生欢"。

（适按：《白石自状略》记祖父死在他十二岁时。他晚年《祭陈夫人文》说："清同治十三年正月廿一日乃吾妻于归期也。是时吾妻年方十二。是时五月五日吾祖父……寿终。"年岁皆合。但祭文又云："吾与贤妻相处六十八年。"陈夫人死在庚辰二月〔民国二十九年，1940〕，距甲戌为整六十六年，因白石当七十五岁时自己加了两岁，所以多说了两年。）

熙按：湘俗童养媳与其夫大都年岁相当，先正式举行婚礼，谓之"拜堂"，便在夫家操作。等到成年，择期"圆房"，然后同居。白石与陈夫人是到光绪七年十九岁时才圆房的。

万秉公很早就能认识白石的天才，他待白石也特别慈爱。《白石自状略》记祖父之死云：

璜感王父以指画膝，以炉钳画灰，教之识姓名字样；皮衣抱孙睡，孙暖自寒。（自注：王父常以乌羊皮裘抱孙于怀中暖睡为乐。）璜哭泣三日不食。

是年，璜父教之扶犁，后因年小力弱，转学木工。朝为工，暮归，以松油柴火为灯，习画，凡十余年。

白石学木工，初学粗工，后改学小器作，制作精微器物，并雕刻桌椅花纹。因选花样，得见《芥子园画谱》，甚爱之，遂一一摹绘。白石自幼即喜画，这个时期里他学了木匠的技巧，才得见画谱，故他的画不是专从临摹画本得来的。他学木工，雕刻花纹，也和他后来雕刻印章有关系。（参用王森然所记《白石事略》）

白石八十三岁时，有《忆先父》短文云：

余少时随父耕于星塘老屋前之田，向晚灌足星塘，足痛如小钳乱夹。视之，见血。先父曰："此草虾欺我儿也。"忽忽七十余年矣，碧落黄泉，吾父何在！吾将不能归我星塘老屋也！癸未五月十一日。

《白石自状略》于十二岁以后，二十七岁以前，无记事。他自记《周太君身世》中有云：

太君年三十后，翁弃世。……从此家境奇穷。恨不见纯芝兄弟一日长成，身长七尺，立能反哺。太君生六男三女，提携保抱，就湿移干，补破缝新，寸纱寸线未假人手，劳苦神伤，故中年已成残疾。

从此节可窥见此十余年中的生活情况，先抄在此。

光绪二年（1876）丙子

白石十四岁

十月，四弟纯培（字云林）生。

光绪四年（1878）戊寅

白石十六岁

是年，从周之美学雕花木工。（白石撰有《大匠墓志》云："周君之美，大匠也，以光绪丙午九月廿有一日死。……君于木工为最著，雕琢尤精。余师事时，君年三十有八。尝语人曰：'此子他日必为班门之巧匠，吾将来垂光，有所依矣。'君无子，故视余犹子也。越十年，余改业于画。又越十四年，余身行万八千里，三出三返。又越五年……君死矣。……忆自余从事以来，忽忽二十有九年，与余绝无间言。……"）

白石后来常在齐伯常（名敦元，邑绅）家中做木工。后来"为家公甫（伯常子）画《秋姜馆填词图》"，题诗中追记其事云："稻粱仓外见君小（自注：余廿七岁前为木工，常弄斧于君之稻谷仓前），草莽声中并我衰。放下斧斤作知己，前身应作蠹鱼来。"

黎戬斋《记白石翁》云："芝木匠（时乡人呼白石为芝木匠）每从其师肩斧提篮，向主家作业。……陈家坨胡姓，巨富也。凡有婚嫁具办夵床妆橱之属，必招翁为之。矜炫雕镂，无不刻画入神。"

熙按：陈家坨及竹冲一带，胡姓聚族而居，大都巨富，为宋胡安国后，与黎姓通婚姻。白石少时，于两家姻缘最深。戬斋名泽泰，一字尔谷，我族兄薇荪的次子。白石家居时，戬斋每年正月必过他家拜年，自幼至壮，不曾间断，所以熟悉关于白石的文献。

光绪五年（1879）己卯

白石十七岁

八月，五弟纯隽（字佑五。民国十七年戊辰，死于匪乱，年五十）生。

光绪八年（1882）壬午

白石二十岁

他晚年《祭陈夫人文》说：夫人"廿岁时，长女菊如在孕，一日无柴为炊，〔吾妻〕手把厨刀，于星斗塘老屋后山右自砍松枝。时孕将产生，身重，难于上山，兼以两手行"。又云："以及提桶汲井，携锄种蔬，辛酸历尽，饥时饮水，不使娘家得闻。有邻妇劝其求去，吾妻笑曰：'命只如斯，不必为我妄想。'"

光绪九年（1883）癸未

白石廿一岁

九月，长女菊如（适邓氏）生。

光绪十四年（1888）戊子

白石廿六岁

正月，六弟纯楚（字宝林。死于民国三年甲寅，年二十七。白石有哀满弟的诗与挽联。湘人呼幼为满）生。

光绪十五年（1889）己丑

白石廿七岁

七月十一日，长子良元（字伯邦，号子贞）生。

《自记》云：

> 年廿有七，慕胡沁园、陈少蕃两先生为一方风雅正人君子，事为师，学诗画。萧芗陔、文少可，不辞百里，往教于星斗塘。从此，画山水、人物都能。更能写真于乡里，能得酬金以供仰事俯蓄。

熙按：萧芗陔、文少可两人，是白石最早的画师。萧馆于杏子坞马迪轩家，马为胡沁园的连襟，马告胡：乡有芝木匠，聪明好学。胡始留意。当时白石在赖家坨做雕花活，每夜打油点灯自由习画。乡人见之曰："我们请胡三爷画帐檐，往往等到一年半载，何不把竹布取回，请芝木匠画画？"于是胡更留意。陈少蕃（名作埙，著有《朴石庵诗草》）时馆于胡家。沁园约白石来，对他说："《三字经》云：'苏老泉，二十七，始发愤，读书籍。'你正当此年龄，就跟着陈老师开始读书吧！"陈允不收学俸钱，日点《唐诗三百首》。湘语课读曰"点书"。白石仅于八岁时（二十年前）读过半年书，识字太少，只好用"白眼字"暗中自注生字之音，写在书页下端的里面，温习时即偷视之。"白眼字"者，同音通假之极常用字也。先是陈偕齐铁珊读书于一道士观中，白石的三弟为煮茶饭，白石时过之，因识铁珊。铁珊语白石："萧芗陔将到家兄伯常（见前光绪四年）家画像，何不拜为师？"白石遂以所作自由画李铁拐像为资，旋至其家（萧家朱亭的花

钿，相距约百里），尽传其法。文少可亦家传画像，闻白石师萧，因
访白石，数宿，又尽传之。白石自记所谓"学诗画"者，是点唐诗、
学画像。他做了十余年木匠，到二十七岁才正式从师，改业做画匠的。
（湘俗尚巫祝，神像功对每轴售钱一千。白石自由习画时即优为之。又
士大夫家必为祖先绘衣冠像，生时则备写真，名"小照"，白石出师后
常被邀请，故能得酬金以赡家用。）从此观摩名作，发展他的天才。

白石晚年有《往事示儿辈》诗云：

> 村书无角宿缘迟，廿七年华始有师。
> 灯盏无油何害事？自烧松火读唐诗。

自注云：

> 余少苦贫，廿七岁始得胡沁园、陈少蕃二师。王仲言社弟，
> 友兼师也。朝为木工，夜则以松火读书。

熙按：王仲言先生名训，号蜕园，是我的蒙师，著有《蜕园诗文
集》；是年还在从陈师读，附学胡家。

王训晚年有《白石诗草跋》，中有一段足补白石自记的缺漏。王
训说：

> 山人〔齐白石〕生长草茅，少时泼墨以自娱。胡君沁园，风雅
> 士也，见君所作，喜甚，招而致之，出所藏名人手迹，日与观摩。
> 君之画遂由是孟晋，有一日千里之势。沁园好客，雅有孔北海风。
> 同里如黎君松安、雨民，罗君真吾、醒吾，陈君茯根，及训辈，常

乐从之游。花月佳辰必为诗会。山人天才颖悟，不学而能。一诗既成，同辈皆惊，以为不可及。当是时，海宇升平，士喜文宴，同志诸子遂结诗社于龙山，酣嬉淋漓，颠倒不厌。其一时意气之盛，可谓壮哉！……

熙按：此序中黎君松安即家父；雨民是我族侄，名丹，清黎文肃公培敬之长孙。罗真吾、醒吾弟兄亦世族，其父军职家居，喜文墨，号蔬香老圃。陈茯根亦乡间有文名者。但这个"诗社"甲午后才成立，不是这几年的事。

胡沁园，名自倬，字汉槎，是最有造于白石的一个人。他死后，白石《哭沁园师》绝句十四首，其中有云：

> 廿七读书年已中，顾余流亚蠹鱼虫。
> 先生去矣休欢喜，懒也无人管阿侬。

> 学书乖忌能精骂，作画新奇便誉词。
> 惟有莫年恩并厚，半为知己半为师。

> 平生我最轻流俗，得谤由来公独知。
> 成就聪明总辜负，授书不忘藕花池。

> 穷来犹悔执鞭迟，白发恒饥怨阿谁？
> 自笑良家佳子弟，被公引诱学吟诗！

胡沁园对于白石真有"成就聪明"的大功。

熙按：沁园是韶塘胡家，胡家多良田，善经营，唯沁园家不富裕，专事提倡风雅，奖掖后进。藏名人书画至多。辟小园，名藕花吟馆。

光绪二十年（1894）甲午

白石三十二岁

《白石自状略》云：

> 借五龙山僧寺为诗社，社友王仲言辈，凡七人，谓为七子，推璜为龙山社长。黎松安、薇荪、雨民为诗友。识张仲飏，得见王湘绮，拜为弟子。

熙按：黎薇荪，族兄，名承礼，号鲸庵，文肃第三子，行六，清光绪甲午翰林，改官四川，庚子即辞职归田，白石印友，摹刻得力最多，事在后五年。张仲飏，一号正阳，名登寿，少业铁工，湘绮弟子，传其经学，亦能诗，后与白石为儿女亲家。湘绮称为"两畸士"。唯白石拜湘绮为弟子事，亦在后五年。湘绮曾语吴劭之——名熙，湘潭人——云："各人有各人的脾气。我门下有铁匠、铜匠；还有个木匠也好学，但他总不肯为我弟子。"因白石生有傲骨，不愿意人家说他趋附，前诗中所谓"平生我最轻流俗"是也；又其《挽沁园师联》亦有"衣钵信真传，三绝不愁知己少；功名应无分，一生常笑折腰卑"之句。

龙山七子，白石年最长，余为王仲言、罗真吾、醒吾、陈茯根、谭子荃、胡立三。见白石题《龙山访旧图》小序。

熙按：谭子荃是罗真吾的内兄。胡立三是竹冲胡家的，时为乡绅。龙山诗社常以黎雨民家为集会地点。是年后又组织罗山诗社，则以我家为集会地点。两山相距约五十里。

白石于宣统元年自广州归后，有《与黎大松安书》云：

> 一日独坐，回忆十年前与公频相晤时，蜕园（王仲言）、云溪（黎裕昆）多同在坐。聚必为十日饮。或造花笺，或摹金石，兴之所至，则作画数十幅。日将夕，与二三子游于栅（杉）溪之上。仰观罗山苍翠，幽鸟归巢；俯瞰溪水澄清，见蝤蛑横行自若。少焉，月出于竹屿（白竹坳）之外，归诵芬楼，促坐清谈。璜不工于诗，颇能道诗中之三昧。有时公为弄笛，璜亦姑妄和之。月已西斜，尚不欲眠。……璜本恨不读书，以友兼师事公……迩年以来，奔走半天下……买山僻地，去白石愈远，平生之知旧艰于来，璜亦艰于往，独坐杜门，颇似枯衲……安得化身为蜗牛，负其庐置之于罗山之侧！……

熙按：这信是己酉十二月初九写寄的。信中“十年前”的“回忆”，就是从甲午到壬寅八九年间的故事。白石翁长于家父实年八岁，长于我二十八岁。是年甲午，他始到我家来画像——因先祖父上年癸巳九月去世，请他来画衣冠遗像的。其时我才四岁，延王仲言师“发蒙”，书桌旁的凳子太高，他常抱我坐上去。先曾祖工画，所藏恣其观摹。相与刻印则稍后。这八九年间，他每年必在我家小住几个月。罗山俗名罗网山，在我家对面里许，是一林阜，中有元末陈友谅近亲古墓；前绕小溪，水自白竹坳来，有杉木桥，故名溪。罗山诗社既组成，有时龙山社友亦联合来会于我家之诵芬楼——丁酉年新盖的书楼。光绪二十一年乙未，湘潭大旱，有“吃排饭”的——饥民排队到有存谷的人家去吃饭，不必吃光——适社友数十人来聚会，乡人都以为是吃排饭的饥民到我家来了。这信中所叙"造花笺，摹金石，作画，吟诗，弄笛"等事，我记得十岁左右也都参加过，号小社友，受白石翁的领导。

《白石诗草》卷六，题《画松》诗自注中，述及他和黎雨民相过从的一段旧事说：

> 余少时极贫，黎雨民过访，信宿不去，夜无油灯，常以松节烧火谈诗。

白石的题画诗中，有两首述及他在杉溪的生活，一首是《曾为旧友黎德恂间壁间画松·寄题》，题下自注云："德恂因字松庵。"诗中有两句说："安得安闲情似旧，卧君书屋听溪声。"自注云："黎君书屋外有橶溪。"另一首是《丹枫黄菊画赠黎松庵》，诗云："三十年前溪上路，丹枫乱落黄花瘦。与君颜色未曾凋，人影水光独木桥。"自注云："松庵居杉溪，溪上有独木桥，唯有耕者能过去，非行人桥也。松庵云：'有人能倒退过此桥者，吾愿以佳印石赠。'余竟能得。"

是年二月二十一日，次子良黼（字子仁，娶王训女。民国二年癸丑十一月病死，年二十一。参后民国二年谱）生。

光绪二十二年（1896）丙申

白石三十四岁

熙按：白石此年始讲求篆刻之学。时家父与族兄鲸庵正研究此道，白石翁见之，兴趣特浓厚，他刻的第一颗印为"金石癖"，家父认为"便佳"。此印及其早岁的工笔画"处女作"，多存我家，直到民国三十三年湘潭沦陷，被日兵摧烧殆尽。——家父的《松翁自订年谱》载：自丙申至戊戌共刻印约百二十方，己亥又摹丁、黄印二十余方。这几年白石与家父是常共晨夕的，也就是他专精摹刻图章的时候。他从此"锲而不舍"，并不看作文人的余事，所以后来独有成就。

光绪二十四年（1898）戊戌

白石三十六岁

十月，次女阿梅（适宾氏，夫死改适符氏）生。

光绪二十五年（1899）己亥

白石三十七岁

见王闿运，拜门做弟子。

《湘绮楼日记》本年正月二十日记："看齐木匠刻印字画，又一寄禅张先生也。"十一月十八日又记："齐璜拜门，以文诗为贽。文尚成章，诗则似薛璠体。"十九日又记："齐生告去，送之至大马头。"

铭按："寄禅张先生"当指八指头陀，但《八指头陀诗集》末附有《自述》云："余俗姓黄氏，名读山，出家后本师赐名曰敬安，字寄禅，近乃自号八指头陀。先世为山谷老人裔孙。"湘绮称为张先生，可能是他把寄禅的姓记错了。

适按：王闿运说白石的诗"似薛璠体"，这句话颇近于刻薄，但白石终身敬礼湘绮老人，到老不衰。白石虽然拜在湘绮门下，但他的性情与身世都使他学不会王湘绮那一套假古董，所以白石的诗与文都没有中他的毒。

熙按：近代湘潭有五怪：一和尚，即八指头陀；一铁匠；一木匠；一篾匠（制竹器的）；一牧童。怪在家皆赤贫，绝对无力读书，而能以自力向学，挺出成名。前三人都与湘绮先后有缘；《湘绮楼日记》中的"张先生"，若不是记错了寄禅的姓，也可能就是指他的又一弟子张铁匠。

影摹丁、黄印谱，篆刻大进。（黎戬斋《记白石翁》云："家大人自蜀检寄西泠六家中之丁龙泓、黄小松两派印影与翁摹之，翁刀法因素娴操运，特为矫健，非寻常人所能企及。……翁之刻印，自胎息黎氏，从丁、黄正轨脱出。初主精密，后私淑赵㧑叔，犹有奇气。晚则轶乎规矩之外。"又白石于十年后——宣统庚戌——有《与谭三兄弟刊收藏印记》，略自道其经过："庚戌前，黎铁安〔按：名承福，字寿承，文甫第四子，行九。〕代无畏兄弟〔谭组安，谭延闿别号；弟组庚恩闿、瓶斋泽闿〕索篆刻于余十有余印，丁拔贡〔可钧〕者以为刀法太娴，谭子遂磨去之。是时余正摹龙泓〔丁〕、秋庵〔黄〕，与丁同宗匠，未知孰是非也。黎鲸公亦师丁、黄，刀法秀雅，余始师之，终未能到，然鲸公未尝相诽薄，盖深知余之纯任自然，不敢妄作高古。今人知鲸公者亦稀，正以不落汉人窠臼耳。庚戌冬余来长沙，谭子皆能刻印，想入赵㧑叔之室矣，复喜余篆刻。……湘绮近用印亦余旧刻。余旧句云：姓名人识鬓成丝。……"）

《白石诗草》有《忆罗山往事》诗，述在罗山和黎松庵同学刻印时事甚详。全诗云："石潭旧事等心孩，（熙按：石潭坝在杉溪下流，距罗山里许。）磨石书堂水亦灾。（自注：余学刊印，刊后复磨，磨后又刊。客室成泥，欲就干，移于东复移于西，□于八方，通室必成池底。）风雨一天拖雨履，伞扶飞到赤泥（自注：地名。熙按：赤泥冲，在罗山西北里许，山甚深）来。（自注：松庵闻余得数印石，冒风雨而来，欲与平分。）谁云春梦了无痕，印见丁黄始入门。（自注：余初学刊印，无所师，松庵赠以丁、黄真本照片。）今日羡君赢一着，儿为博士父诗人。（自注：松庵刊印，与余同学，其天姿有胜于余，一旦忽曰：'刊印易伤目，吾不为也。看书作诗，以乐余年。'）"

熙按：是年（己亥）前数年，竹冲胡石庵父辅臣始介绍白石到皋山黎桂坞（名锦彝，文肃次子，行五）家画像，后渐熟识鲸庵、铁安兄弟。颇自负能篆刻，一日问铁安："我总刻不好，奈何？"铁安答曰："南泉冲的'础石'，挑一担归，随刻随磨去，尽三四点心盒，都成石浆，就刻好了。"白石识其言，自是至庚戌十年间果成名。（为湘绮所刻"湘绮楼印"，戬斋曾钤入所编《东池社刊》次期印辑，纯模仿丁龙泓法。又杨潜庵言：白石刻印改学扬叔后，在黎鲸庵家见扬叔《二金蝶堂印谱》，大喜，即假去用朱钩存，其精不异原本，至今尚存。此可见其摹习之勤。）"晚则轶乎规矩之外"，乃是他的创格，故晚年名更高。

光绪二十六年（1900）庚子

白石三十八岁

是年春，全家迁于莲花峰下百梅祠堂。（《祭陈夫人文》。此地即狮子口）始构借山吟馆。（自作《借山记》云："余少工木工，蛙灶无著处。恨不读书。工余喜读古诗，尽数十卷。光绪庚子二月始借山居焉。造一室，额曰借山吟馆。学为诗数百首。"）

光绪二十七年（1901）辛丑

白石三十九岁

《自记》云："辛丑识李瀚屏。"蔡枚功谓翰屏曰："国有颜子而不知，深以为耻。请来相见。"

熙按：蔡枚功，原名毓春，字与循，内阁中书，湘绮内弟。李翰屏，名镇藩，甲午举人，时亦官内阁中书。初，王船山裔继姜病殁潭市，家父介绍白石往画像，始渐与城市士绅往来。王复介〔绍〕往李家画像。翰屏不可一世，渐与白石成莫逆。

是年十二月十九日，白石的祖母马孺人殁，享年八十九岁。白石记万秉公行十，人呼为齐十爷，因呼马孺人为齐大娘。"晚岁家益贫，日食苦不给，常私自忍饥，留其食以待孙子。"（自撰《祖母墓志》）白石晚年复追记云："马孺人爱孙甚笃。孙纯芝，年将八十，思之泪流伤心。"（《三百石印斋记事》）

光绪二十八年（1902）壬寅

白石四十岁

到西安。《自记》云："壬寅，识夏午诒（寿田），李梅庵（瑞清，号清道人）兄弟叔侄，郭葆荪（人漳）兄弟。"

"是岁之冬，夏午诒由西安聘为画师，教姚无双。（夏午诒的姬人。白石曾自刻小印，曰'无双从游'。）风雪过灞桥，远远看华山。到时，年将终，识樊樊山（增祥，时任陕西臬司），晤张仲飏、郭葆荪。游碑林、雁塔坡、牛首山、温泉。"

由湘之西安，道出洞庭湖，画《洞庭看日图》。《白石诗草》卷二有诗追记此事，题下自注云："余壬寅冬之长安，道出洞庭，即画此图。"《白石诗草》卷七又有《灞桥》诗记西安之行。

是年四月初四日，三子良琨（后名愚公，字大可，号子如；别号渔家村人。娶张登寿女）生。

熙按：辛丑以前，白石的画以工笔为主，草虫早就传神。他在家一直地养草虫——纺绩娘、蚱蜢、蝗虫之类，还有其他生物，他时常注意其特点，做直接写生的练习，历时既久，自然传神，所以他的画并不是专得力于摹古。到壬寅，他四十岁，作远游，渐变作风，才走上大写意的花卉翎毛一派（吴昌硕开创的风气）。民〔国〕初，学八大山人（书法则仿金冬心）。直到民六、民八两次避乱，定居北平以后，才独创红花墨叶的两色花卉，与浓淡几笔的蟹和虾。黎戬斋《记白石翁》云："翁作画，先学宋、明诸家，擅工笔，清湘（大涤子，即释石涛）、瘿瓢（黄慎）、青藤（徐文长），得其神髓。晚乃独出匠心，用大笔，泼墨淋漓，气韵雄逸。"又云："书法出入北海、冬心，疏落有致。诗则清奇灵秀。治印亦有独造处。"

光绪二十九年（1903）癸卯

白石四十一岁

从西安到北京。还家。《自记》云："春三月，午诒请尽画师职，同上京师。樊山曰：'吾五月相继至。太后爱画，吾当荐君。'"

"由西安上京华，道过黄河，望嵩高。到京，居宣〔武门〕外北半截胡同。识曾农髯（熙，衡阳人），晤李筠庵（瑞荃，梅庵弟）、张贡吾（翊六，湘潭人）。"

"五月之初，闻樊山已起行，璜平生以见贵人为苦事，强辞午诒，欲南还。午诒曰：'既有归志，不可强留。寿田欲为公捐一县丞。……' 璜笑谢之。"

"过黑水洋，到上海小住，还湘。"

熙按：还乡在五六月间。我的《癸卯日记》："六月廿六日，上午齐寄园先生来。"是年王仲言先生尚馆我家。

在由陕西来北京的途中，画有《华山图》和《嵩山图》。

《白石诗草》卷六，《自题闲看西山图》诗自注云："余出西安，道过华阴县，登万岁楼看华山，至暮，点灯画图，图中桃花长约数十里。"

同书卷四，《题雪庵背临白石画嵩高本》有句云："二十年前游兴好，□□涧外画嵩高。"自注云："癸卯春，余由西安转京华，道出□□涧，携儿于涧外画嵩山图。"

白石于本年三月到北京后，即与友人肆游京畿各名胜。《白石诗草》第一首为《题画寄樊樊山先生京师》，开首记其初到北京时的一段生活云：

十五年前喜远游，关中款段过卢沟。京华文酒来征逐，布衣尊贵参诸侯。陶然亭上饯春早，晚钟初动夕阳收。挥毫无计留春住，落霞横抹胭脂愁。（自注：癸卯三月三十日，夏寿田、杨度、陈兆圭，在陶然亭饯春，求余为画《饯春图》以记其事。）琉璃厂肆吾所好，铁道飞轮喜重到。……

白石在游长安之前，曾作《借山图》，亦名《借山吟馆图》。其后他游西安、北京、江西、广西等地，都"自画所游之境"，总名《借山图卷》。《白石自状》不记作图起于何时。我细检《借山图题词》抄本，见其中有年月可考者重加排比，始得考定《借山图》的最早一部分是在他游西安之前画的。如谭延闿题两绝句，款题"壬寅六月"，这是在他游西安之前半年。又如徐崇立题的六绝句，有长跋云：

> 寄园先生自画所居借山吟馆为图，并自题两绝句。一时朋簪和者甚众。见而心赏，雅欲续貂。尘事匆匆，游即罢去。壬寅残腊，相遇于长安……出纸属题，得偿夙愿。事隔两年，重逢异地，亦自幸墨缘为不浅矣。……癸卯早春同郡徐崇立初稿。

这篇跋最可证明白石初画的是《借山吟馆图》，其时约在光绪二十七年辛丑（1901）。后来白石遍游南北好山水，每"自画所游之境"，范围年年扩大了。日子久了，他自己也不记得他开始在何年了。他甚至于不记得他自己原题的两首绝句说的是什么了。许多题诗的都是和他的原韵，第一首用还、关、山韵脚；第二首用风、蛩、钟韵脚。但白石在民国二十四年（乙亥，1935）自题《借山图题词钞本》云：

> ……黎苏庵诗是用余原韵。余原韵诗亦不见，余自忘矣，追思不可得也。

熙按：苏庵名承畹，文肃幼子。

樊增祥题的长歌，款为"光绪癸卯中和节"，中和节是二月一日。樊诗有句云：

> 山人无山却有山，湘波如镜开烟鬟。
> ……

君有青山画里看，人有青山门外闲。

……

山人所至工修饰，纸窗竹屋明如拭。

一双米家虹月船，四面嘉陵山水壁。

竹林主人笑拍手，其人与屋皆不朽。

……

此诗可见《借山图》最初的状态。

光绪三十年（1904）甲辰

白石四十二岁

春间偕王闿运至江西，游庐山、南昌等地。秋还家。

《白石诗草》卷五，《滕王阁》诗题下自序云："甲辰春，余侍湘绮师游庐山。秋七夕，湘绮于南昌邸舍招诸弟子联句，湘绮师首唱云：'地灵胜江汇，星聚及秋期。'"

《自记》云：

甲辰，侍湘绮师远游南昌。七夕，师赐食石榴，招诸弟子曰："南昌自曾文正公去后，文风寂然。今夕不可无诗。"座中有铁匠张仲飏，铜匠曾招吉，及璜，推为"王门三匠"。登滕王阁，小饮荷花池。游庐山。

熙按：铜匠曾招吉，衡阳人，时在南昌以制造空运大气球为业，可坐二人，任风吹行，但试验时坠水。白石说他常着官靴，每自表示其能文章。

又《借山馆记》云：

> 甲辰春，薄游豫章。吾县湘绮先生七夕设宴南昌邸舍，召弟子联句。强余与焉。余不得有佳句，然索然者正不独余也。始知非具宿根劬学，盖未易言矣。
>
> "中秋归里，删馆额'吟'字，曰'借山馆'"。

熙按：我的《甲辰日记》："十一月六日，寄园先生来。""七日，灯下，与寄园先生学魏碑用笔法。"这是他从李筠庵处得来的。

光绪三十一年（1905）乙巳

白石四十三岁

游广西。自记云："汪颂年（诒书）为提学使，偕游桂林，看佳山水。小游阳朔，穿走诸洞。"

《白石诗草·忆桂林往事》诗有自注云："乙巳年余初客桂林。"又云："乙巳冬，蔡松坡亦客广西，欲从事于画，余未敢应。"

《峭壁松林图》诗自注云："余曾游桂林，息峭壁下，有牧童自言：'此间多狐，常诱人入丛林中，数日不放，人亦忘归。'问山名，牧童不答。"

在桂林，开始以刻印为活，樊樊山为定润例。《忆桂林往事》诗自注云："乙巳年，余初客桂林，其篆刻纯似龙泓、秋庵，樊山先生定为书定润资：常用名印，每字三金。石广以汉尺为度，石大照加。石小二分，字若黍粒，每字十金。"

光绪三十二年（1906）丙午

白石四十四岁

游广东。冬，还家。

熙按：我的《丙午日记》："十月十二日，上午齐寄园先生来。"这年我十七岁，家居读书，记得那天白石翁吃过午饭就乘原轿回家去了，说不久就要上广东去。

始置田地建房屋于茶恩寺茹家冲。（前曰"借山"，至是"买山"。）

是年十二月初七日，长孙秉灵（良元子，字近衡，号移孙。白石十一月二十日移居新屋，不一月生孙，故名"移孙"。乡人祝之曰："人兴财旺。"后肄业于国立北京法政专校。民国十一年十一月病死，年十七）生。

《自记》云：

越年节（乙巳年节），得父示，四弟与贞儿从军到广东，命璜追寻。璜过苍梧，至广州，居祇园寺，探问，则已移军钦州矣。璜到钦州。郭宝荪（时官钦州兵备道）留之教姬人画。游端溪，谒包公祠。复随军到东兴，过铁桥，看安南山水。久客思归，携四弟与贞儿由香港海道至上海。一日，思游虎丘山。是日至苏州，天色已晚，宿驸马府堂。虎丘归后，复寻李梅庵于金陵。居三月还家。

（适按：《白石自状略》这一节，自"越年节"以下，不记年月。考其行踪，自广西梧州南下，到广州，又到钦州，则在广东省的西南角；又游端溪，则在肇庆府高要县，在广州的西面；后来又随军到东兴，东兴是钦州防城县最接近安南之地：故过铁桥即可看安南山水。大概白石在广东前后住了两年以上——从光绪三十二年丙午到光绪三十四年戊申——己酉还家，由香港海道回到上海。白石在上海，也住了一个较长的时期。他游虎丘，寻李梅庵于金陵，都是宣统元年己酉的事〔参看己酉年谱〕。）

光绪三十三年（1907）丁未

白石四十五岁

春，到广东钦州。（自忆是坐轿到广西梧州，再坐轮船转海道去的。）冬归。

（适按：白石往高要县，游端溪，大概是在这年的春夏。《题石门画册》诗之《鸡岩飞瀑》一首，白石自注云："丁未春夏，余小住肇庆，尝偕郭憨庵游鼎湖山，观飞泉潭。"此可见白石为郭葆荪姬人教画，游端溪，都是丁未小住肇庆前后的事。）

光绪三十四年（1908）戊申

白石四十六岁
仍游广东。

宣统元年（1909）己酉

白石四十七岁
从上海回湘潭。在回湘之前，他曾游苏州，并于中秋节"携儿辈同游虎丘"，后又访李梅庵于金陵。盘桓于沪、苏、南京诸地凡三月。《白石诗草·题画寄樊樊山先生京师》诗中有自注说："己酉八月十五日夜，携儿辈同游虎丘。是夜无月，借人瘦马，几惊，危险。"《自状略》说："虎丘归后，复寻李梅庵于金陵，居三月，还家。"

《借山图题词》抄本有虞山病鹤题的《青玉案词》，款云：

> 宣统元年己酉九月，白石先生归湘潭，谱此送之。即题于《借山图册》。虞山病鹤，同时客海上。

据此，知道白石归家在本年九月。

熙按：我的《己酉学堂日记》："十月初八，午饭后至胡宅（在通泰街），晤寄公、云溪、仲师（时馆胡家）、仙甫（沁园长子）、五丈（即胡石庵，主人也）……"是时我在长沙优级师范学堂读书，常往胡家。

白石于壬申（民国二十一年，1932）作《〈白石诗草〉自叙》，开篇即说：

> 壬寅年，吾年四十，始远游。至己酉，五出五归，身行半天下。

自壬寅至己酉（1902—1909），白石游览佳山水有六大处：壬寅自湖南到西安，癸卯自西安到北京，由海道经过上海回湖南。此一出一归也。甲辰游江西南昌与庐山，是年回湖南，此二出二归也。乙巳从湖南到桂林，看广西山水；丙午从广西到广东，回湖南。此三出三归也。丁未春游广东，冬回湖南。此四出四归也。戊申复游广东，由海道到上海，至己酉九月始回湖南。此五出五归也。他游览了六大处山水（陕西、北京、江西、广西、广东、江苏）。

《诗草自叙》说：

> 壬寅……至己酉，身行半天下。虽诗境扩，益知作诗之难。多行路，还须多读书。故造借山吟馆于南岳山下……熟读唐宋诗，不能一刻去手，如渴不能离饮，饥不能离食。然心虽有得，胸横古人，得诗尤难。

《自状略》也说：

> 造一室，曰借山吟馆，置碧纱橱于其中，蚊蝇无扰。读古文诗词，吟新句。将所游好山水初稿重画，编入《借山图》，共得五十余图册。余闲种果木三百株。

宣统二年（1910）庚戌

白石四十八岁

是年黎鲸庵于岳麓山下新造听叶庵，九月，邀白石往游。

《借山吟馆诗草》有《孤吟寄黎凫衣》诗，题下自注云："凫衣者，黎承礼辛亥后自呼也。"诗末自注云："庚戌冬，凫衣于〔岳〕麓山下造一室，曰听叶庵，招余游焉。"

又，《凫衣和前题，次韵赠之》诗自注云："凫衣和诗云：'探梅莫负衢山约'。时正九月。"

铭按：衢山为天衢山，在湘潭城南五十二里，见白石《老病兼寄凫衣》诗自注。

　　熙按：麓山湖南高等学堂即岳麓书院旧址。是年黎鲸庵为监督，张铁匠为教务长，招白石游山，寻李北海《麓山诗碑》。后白石壬子岁和鲸庵诗有"麓山无复寻碑梦"之句。（我的《庚戌学堂日记》："十一月十七日，晚至胡宅，晤五丈、仲师，及寄园。"是白石冬间尚在省垣也。）

宣统三年（1911）辛亥

白石四十九岁

　　在长沙，求王闿运为他祖母马孺人作《墓志铭》，并求他写碑。《墓志》的大概，已引见前文。

　　是年三月十八日清明节，节后二日，白石应王闿运之邀，到瞿鸿机家看樱花和海棠，并禊饮于瞿家的超览楼。

　　上两事在王闿运的《湘绮楼日记》中记载甚详：

　　　　二月廿六日，未朝食，齐濒生来求文。

　　　　三月九日，阴，当招齐木匠一饭，因令陪军大（指瞿鸿机，因他曾任军机大臣）。

　　　　〔三月〕十日，晴。午初过，子玖（瞿鸿机字）同请金（匋臣，嘉兴人）、谭（祖同）、齐（白石）看樱花海棠。子玖作樱花歌，波澜壮阔，颇有湘绮笔仗，余不敢和，以四律了之。坐客皆和。……谈宴一日始散。

　　　　四月六日，作《齐志》。

　　　　〔四月〕七日，作《齐志》成。

白石《自记》云：

　　壬子春，闻湘绮师又来长沙，居营盘街，璜往侍。谭三兄弟邀往荷花池上，为其先人写真。忽湘绮师函示云，明日约文人二三，借瞿氏超览楼一饮。……得见超览楼主人及诸公子（**主人即瞿鸿机，公子之一为瞿宣颖**）。湘绮师曰："濒生足迹半天下，久未与同乡人作画，可为画《超览楼禊集图》。"……璜因事还乡，久未画图报命。

　　铭按：据《湘绮楼日记》所载，知道王、瞿共邀白石诸人禊集看花，确实是在宣统三年三月。白石的《自状略》各稿本皆作"壬子春"，是向后错了一年；瞿宣颖作《白石翁八十寿文》中记此事，谓在"宣统己、庚之间"，又向前错了一二年。瞿宣颖转载《自状略》（《古今半月刊》三十五期，页十五）无"壬子春"三字，将此事并入辛亥年，是不错的。

　　熙按：辛亥是也。白石写真，能于纱衣里面透视袍褂上之团龙花，自称为绝技。又于地毯右方角上画一"湘潭齐璜濒生画像记"小印。此皆于是年所画谭组庚衣冠像上可以窥见。组庚行四，为"谭三"组庵弟，瘵殁于己酉八月，在辛亥革命前。又《湘绮楼日记》中之"谭祖同"，即瓶斋，行五。

中华民国元年（1912）壬子

白石五十岁

民国二年（1913）癸丑

白石五十一岁

十一月，次子良黻病死。（白石有《祭次男子仁文》，略道自己的生平，节抄在此，可印证前此十余年间的事："吾居星塘老屋，灶内生蛙，始事于画，为家口忙于乡里。仁儿兄弟虽有父，实若孤儿。前清光绪二十六年春，借山狮子口居焉。仁儿年六岁，其兄十二岁，相携砍柴于洞口；柴把末大如碗，贫人愿子能勤，心窃喜之。夏，命于稻草棚于塘头守莲，一日吾入自外，于窗外独立，不见吾儿，往视之。棚小不及身，薄且筛日，吾儿仰卧地上，身着短破衣，汗透欲流，四旁野草为日灼枯，余呼之曰：'子仁！睡耶？'儿，惊坐起，抹眼视我，泪盈盈，气喘且咳，似恐加责。是时吾之不慈尚未自觉也。卅二年冬，买山于此处，至民国二年秋，八阅寒暑。八年之间，吾尝游桂林及广州。吾出，则由吾儿省祖理家，竹木无害。吾归，造寄萍堂，修八砚楼，春耕小园，冬暖围炉，牧豕呼牛，以及饭豆芋魁，摘蔬挑笋，种树养鱼，庋书理印，琢石磨刀，无事不呼吾儿。此吾平生乐事也。儿事父母能尽孝道，于兄弟以和让，于妻女以仁爱，于亲友以义诚；闲静少言，不思事人，夜不安宿，绝无所嗜。年来吾归，尝得侍侧，故能刻印。因宣统三年之变，急于妨害，始习枪击，遂好打猎。世变日亟，无奈何，九月初六日忍令儿辈分爨。十一月初一日，吾儿病作，初八日死矣……初三日尚坐吾厨下，手携火笼，足曳破布鞋，松柴小火，与母语尚愁其贫，不意人随烟散！悲痛之极，任足所之，幽栖虚堂，不见儿坐；抚棺号呼，不闻儿应。儿未病，芙蓉花残；儿已死，残红犹在。痛哉心伤！膝下依依二十年，一药不良，至于如此！……"）

熙按：白石所造之寄萍堂，后园有竹笕通泉，客来烧茶，不待挑水。室内陈设雅洁，作画刻印之几案，式样古简，皆自出心裁。大约清末民初数年间是白石乡居清适、一生最乐的时期。他那时也实有"终焉"之志。他的创作天才多表现于日用的门帘几席间。所御都具机轴，非凡品。民六避乱离乡以后，环境才促使他更扩展到艺术上进一步的成就。

民国三年（1914）甲寅

白石五十二岁

家居。《借山吟馆诗草》有诗题云："甲寅雨水节前数四日，余植梨三十余本。"

是年夏，白石的六弟纯楚死于湘潭。《借山吟馆诗草》有《题六弟小影》诗，题下自注云："戊申夏，余戏为画小影，壬子冬，病归，甲寅夏死矣。因题之。"

民国五年（1916）丙辰

白石五十四岁

山居，临张叔平画。

是年九月，白石于乡间获观邻人藏画四帧，原题有"柏酒""益寿""拜石""笔林三百八株之余子"等字样。白石临摹一过，自题云："我见其画笔题字及印章，实系张叔平先生手迹，世人不有萍翁，谁能辨之？"自临画幅又加题云："戬斋七兄来借山，见余临张叔平先生画，意欲袖去。余知叔平先生与文肃公为同年友，非独喜余画，遂欣然赠之。丙辰十月，璜记于寄萍堂。"

熙按：张叔平名世准，湖南永绥人，道光己酉举人，与文肃同年。擅丹青，工篆刻。白石客皋山黎家时，每假阅而临习之。是亦其画学渊源之一。

民国六年（1917）丁巳

白石五十五岁

夏五月，避乡乱，到北京。适逢张勋复辟，段祺瑞于马厂出师致讨，遂又到天津避兵。《白石诗草·京师杂感》诗有自注云："余阴历五月十二日到京，适有战事，二十日避兵天津，火车过黄村、万庄，正遇交战，车不能停，强从弹雨中冲过。易实甫犹约听鲜灵芝演剧，余未敢应。"又，《白石诗草自叙》云："丁巳春，湘中军乱，草木疑兵，复遁京华。"

樊山本年六月初三日有五言律诗一首赠白石，其小序云："濒生以丁巳五月至京，适有战事。兵后将归，赋诗为赠，即题其集。"

《自记》云：

> 丁巳避乡乱，窜入京华。旧识知诗者樊樊山，知刻者夏午贻，知画者郭葆荪，相晤。璜借法源寺居之，卖画及篆刻为业，识陈师曾（衡恪）、姚芒父（华）、陈半丁、罗瘿公（惇曧）兄弟（瘿公弟敷庵、惇曧）、汪蔼士（吉麟）、萧龙友（号息园）。

熙按：白石此次到北京，初未住在法源寺，我的《瑟偄斋日记》："民国六年八月廿六日，下午四时半过排子胡同（前门外西河沿）皋奉米局（内有一大所公馆，郭葆荪家寓此）访齐璜翁，不晤，归。"
十月十七日下午又往访，仍不晤。"二十三日晚饭后，齐濒翁、朱子
翁（予佩，一号师晦，名德裳，湘潭人）至。"是时我往宣外香炉营
西横街。又是年白石为杨潜庵刻"枕善而居"印《跋》云："余尝游
四方，所遇能画者陈师曾、李筠庵，能书者曾农髯、杨潜庵先生而
已。李梅痴能书，赠余书最多，未见其人，平生恨事也。潜庵赠余书
亦多，刻石以报，未足与书法同工也。丁巳七月中，齐璜并记，时
二十日，由西河沿上移炭儿胡同。"按：所居排子胡同即西河沿；阴
历七月二十日为国历九月六日，故我十月十七日往访不晤，是他已移
榻了。炭儿胡同亦郭宅，有同寓者与白石不相能，故白石不久又移
榻法源寺与潜庵同寓。他又为潜庵刻"视道如华"印《跋》云："余
二十年来尝游四方，凡遇正人君子，无不以正直见许。独今年重来京
华，有某无赖子欲骗吾友（按：'吾友'指郭葆荪），吾友觉，防之，
某恐不遂意，寻余作难，余避之潜庵弟所居法源寺如意寮。倾谈金石
之余，为刊此印。丁巳八月廿八日，兄璜并记。"潜庵又谓：据前印
《跋》语，民六时，白石尚未与清道人相见，后三年即民九，清道人
遂殁，其间白石并未曾至沪、宁，似此，壬寅"识李梅庵兄弟叔侄"
殆未识其本人；己酉"寻李梅庵于南京"，似亦未晤。我因径询白石，
他记得在清宣统间，清道人兄弟二人曾到湘潭，寓城内郭武壮祠，相
访未值，但最后似见了一面。

是年六月初三日，樊山《题白石诗草》云：

濒生书画皆力追冬心。今读其诗，远在花之寺僧之上。……
冬心自道云："只字也从辛苦得，恒河沙里觅钩金。"凡此等诗，
看似寻常，皆从刓心钵肝而出，意中有意，味外有味，断非冠进

贤冠、骑金络马、食中书省新煮捻头者所能知。惟当与苦行头陀在长明灯下读，与空谷佳人在梅花下读，与南宋、前明诸遗老在西湖灵隐、昭庆诸寺中相与寻摘而品定之，斯为雅称耳。……

此即《白石诗草自叙》（初稿本）所记"樊山先生见其〔诗〕稿赠以言，劝予刊之。"

是年七月，陈师曾（衡恪）有诗题《借山图》云：

> 曩于刻印知齐君，今复见画如篆文。
> 束纸丛蚕写行脚，脚底山川生乱云。
> 齐君印工而画拙，皆有妙处难区分。
> 但恐世人不识画，能似不能非所闻。
> 正如论书喜姿媚，无怪退之讥右军。
> 画吾自画自合古，何必低首求同群？

熙按：师曾是时与我同事教育部编审处，我的《瑟侗斋日记》民六："十月廿五日，师曾来，谈及濒翁近所刊印，纵横有余，古朴不足。画格甚高，然能赏之者即能评其未到处。……"

是年冬，"湘乱稍息，复还乡。"（《诗草自叙》）《白石诗草》卷一有诗题云："丁巳十月初十到家，家人避兵未归。时借山仅存四壁矣。"

民国七年（1918）戊午

白石五十六岁

在湘潭。

《白石诗草自叙》云：

> 越明年戊午，民乱尤炽，四里烟氛，窜无出路。有戚人居紫荆山下，地其僻，茅屋数间，幸与分居，同为偷活，犹恐人知。遂吞声草莽之中，夜宿露草之上，朝餐苍松之阴。时值炎热，赤肤汗流，绿蚁、苍蝇共食，野狐、穴鼠为邻。如是一年，骨与枯柴同瘦，所有胜于枯柴者，尚多两目，惊怖四顾，目睛莹然而能动也。（用《诗叙》初稿本）

民国八年（1919）己未

白石五十七岁

重来北京。冬，又还湘省亲。

《白石诗草自叙》云：

> 己未，吾年将六十矣，乘清乡军之际，仍遁京华。临行时之愁苦，家人外，为予垂泪者尚有春雨梨花。过黄河时仍幻想曰："安得手有嬴氏赶山鞭，将一家草木过此桥耶！"
>
> 到京华，重居法源寺，以卖画刻印自活。朝则握笔把刀，惟夜不安眠，百感交集。是谁使我父母妻子别离，戚友不得相见？枕上愁余，或吟诗一二首，觉忧愤（一作忧闷）之气从舌端出矣。平时题画亦然。故集中多绝句，皆非刿心铄肝而出者。

是年九月，纳副室胡氏，名宝珠，四川酆都人。（生于光绪二十八年壬寅八月，小于白石四十岁。）

白石《祭陈夫人文》云:"吾妻不辞跋涉,万里转圜,三往三返,为吾求如妇宝珠以执箕帚。"宝珠姓胡,家在四川酆都县转斗桥胡家冲,父名以茂,为篾工。(见《三百石印斋纪事》)《祭文》中说陈夫人三次北来,均未记年月。

《白石诗草》中有两次提及胡姬,均称作"宝姬"。一见于诗题,谓"宝姬多病,侍奉不怠,以诗慰之"。题下自注云:"宝姬自言有姊从朱姓,有弟名海生,忘其居住地名。"另一处是《题画》诗的自注,谓"宝姬为余理纸十年,余画中之巧拙,必能直指言之"。

因闻湖南有战事,还家省亲。《白石诗草》卷二有诗题云:"己未,三客京华,闻湖南又有战事,将欲还家省亲,起程之时有感而作。"

民国九年（1920）庚申

白石五十八岁

携子如、移孙同回北京。

《白石诗草》卷四题《老少年》诗有自注云:"庚申春,余携子如、移孙就学京师,至莲花山下忽大雨,避雨旧邻家。时《老少年》方萌动。"

同书卷二有《避乱携眷北来》诗云:"不解吞声小阿长,携家北上太仓皇。回头有泪亲还在,咬定莲花是故乡。"(自注:莲花,山名。)

自法源寺移居宣武门内石镫庵,大概在这次回北京之后。

正月至三月之间,有花果画册,此册有题记数则,其一云:

老萍亲种梨树于借山,味甘如蜜,重约斤许,戊巳二年避乱远窜,不独不知梨味,而且辜负梨花。

此可与上年所记"春雨梨花"的回忆参看。其一云：

朱雪个有此花叶，无此简少。

其一云：

余画梅学杨补之，由尹和伯处借钩双钩本也。友人陈师曾以为工真劳人，劝其改变。

铭按：《白石诗草》卷三，《友人重逢呈画梅》诗有句云："雪冷冰残肌骨凉，金农、罗聘逊金阳。"自注云："尹伯和名金阳，画梅空前绝后。"

熙按：尹伯和，湘潭人，清末以画梅著称于时。

白石在二十五年之后印行此册，自题诗云：

冷逸如雪个，游燕不值钱。
此翁无肝胆，轻弃一千年。

《自跋》云：

予五十岁后之画，冷逸如雪个。避乡乱，窜于京师，识者寡。友人师曾劝其〔余？〕改造，信之，即一弃。今见此册，殊堪自悔，年已八十五矣。乙酉，白石。（乙酉是民国三十四年，"雪个"即八大山人。）

　　是年夏，直皖战起，白石携子孙自石镫庵移居东城帅府园以避兵，有《避难》诗记其事云："石镫庵里胆惶惶，帅府园间竹叶香。（自注：庚申，余携子如、移孙父子祖孙三人避兵帅府园友人郭憩庵家，帅府园为外人保护界也。）不有郭家同患难，乱离谁念寄萍堂。"

　　石镫庵的老僧好蓄鸡犬，昼夜不断啼吠，故白石在直皖战事停止之后，不再搬回石镫庵，而迁居于西城的观音寺内。又因寺内佛号钟声，睡不成寐，故又迁三道栅栏，后又迁鬼门关外。识朱悟园（羲胄）、林琴南（纾）、徐悲鸿、陈散原（三立）、贺履之（良朴），皆在迁居观音寺以后。

　　熙按：我的《瑟侗斋日记》民八："四月十七日五时半过法源寺，晤齐濒翁及杨潜庵（昭俊，湘潭人），话乡情，览何字。"民九："五月廿四日夜，齐白石翁至，久话。"是时家父亦来北京也。"六月廿九日，濒翁率其子孙至（三子子如，长孙移孙也）。""七月十四日，侍父亲及张裕恂（蔚瑜）到齐濒翁处，已迁东城矣。"时正值直皖战争，东城向称保卫界也。自是常来与家父剧谈。"八月八日八时，随父及裕恂至帅府园六号齐濒翁处，看画及诗。"十八日，"次煌（林世焘，平乐人，甲申翰林）及濒翁来，面后余同至西城观音寺，为看房子，坐朱悟园处。""廿四日，至观音寺听讲……（时圆瑛和尚在此讲《楞严经》）梁任公亦至。坐濒翁处，新迁来此者。""卅一日，同遇夫（杨树达，长沙人）过观音寺问房屋，坐白石处。"又白石营居鬼门关——后改名贵人关——时，堂上悬挂王湘绮所书"寄萍堂"横额，自题诗云："凄风吹袂异人间，久住浑忘心胆寒。马面牛头都见惯，寄萍堂外鬼门关。"

民国十年（1921）辛酉

白石五十九岁

是年秋返湘，重阳节到家，旋返北京。《白石诗草》卷二有诗题云："辛酉九日到家，二十五日得如儿京师来电，称移孙病笃；余至长沙，又得如儿书，言病已稳；到汉口又得书，言病大减。作诗以慰如儿之周密。"

熙按：移孙次年十一月病死。

十二月廿日，胡姬生子，名良迟。（行四，字翁子，号子长，娶献县纪昀裔彭年的次女。）

《祭陈夫人文》说："宝珠初生良迟，吾妻恐其不善育，夜则抱之慎睡，饥则送入母室乳之。"

民国十一年（1922）壬戌

白石六十岁

还家，旋返北京。

是年四月，在长沙与张正阳（即仲飏）、胡复初（即石庵）、杨仲子（名钧，号白心，暂子——度——之弟，以工隶书名）、黎戬斋诸人过从。为仲子刻印甚多，为戬斋画鸳鸯芙蕖绫本横幅，极精美。

《白石诗草·卖画得善价复惭然纪事》诗，自注云："陈师曾壬戌春往日本，代余卖杏花等画，每幅百金，二尺纸之山水得二百五十金。"

民国十二年（1923）癸亥

白石六十一岁

在北京。是年陈师曾死，年四十八岁。白石有《师曾亡后，得其画扇，题诗哭之》："一枝乌桕色犹鲜，尺纸能售价百千。君我有才招世忌，谁知天亦厄君年。"

又有《见师曾画，题句哭之》："哭君归去太匆忙，朋党寥寥心益伤。安得故人今日在，尊前拔剑杀齐璜！"

《白石诗草》卷六，《与友人重过三道栅栏话陈师曾》诗自注云："陈师曾七月二十四日来三道栅栏，自言二十八日至大连。闻在大连得家书，奔祖母丧，死于南京。"

熙按：陈师曾是白石的诤友，也是白石作品的宣传者。（黎戬斋《记白石翁》云："辛亥以还，湘中多故，山寇出没，乡居不宁，翁仓皇避地，仍游燕京，不求人知。陈师曾携翁画东游，日人出数百金购之。其所作曾选入巴黎艺术展览会，而日人亦将翁之作品及艺术生活摄为影片，献映于东京艺术院，名动海外。"）

熙又按：陈师曾是这年暑天奔祖母丧，到南京后得痢疾死的，夏初还在北京与白石宴饮。我的《注符日记》民十二："六月三日，十二时到安儿胡同周印昆师（大烈）家吃饭，会了齐白石、陈师曾、杨潜庵、孙伯恒（壮）、杨遇夫、姚石遗、凌直支（文渊）等。"

是年十一月十一日，胡姬生次子，名良已。（行五，字子泷，号迟迟，娶顺义温氏女。）

民国十三年（1924）甲子

白石六十二岁。

在北京。日记云："八月初七日，如儿分居于象坊桥，余与百金做移居费。……冬□月，如儿迁于南闹市口。此儿自今春以来，画名大著。……"

民国十四年（1925）乙丑

白石六十三岁。

在北京。日记云："正月，宾恺南先生（名玉瓒，湘潭人，癸卯解元）来寄萍堂。同客有劝余历游日本者，其言甚切，以为兼卖画，足可致富。余答以余居京华九年矣，可以过活，饥则有米，寒则有煤，无须多金反为忧患也。恺南兄以为余可学佛，谈禅最久。廿四日，余往广济寺寻恺南兄，授予□□□□□□□□□……并赠《净土四经》一书。"

"二月廿九日，余大病。……人事不知者七日夜，痛苦不堪言状。……半月之久，始能起坐。犹未死！六十三岁之火坑即此过去耶？"

是年梅兰芳从白石学画。

《白石诗草》卷二有诗题云："庚申秋九月，梅兰芳倩家如山约余缀玉轩闲话，余知兰芳近事于画，往焉。兰芳笑求余画虫以观，余诺之，兰芳欣然磨墨理纸，观余画毕，为歌一曲相报，歌声凄清感人，明日赠我以诗。"诗云："飞尘十丈暗燕京，缀玉轩中气独清。难得善才看作画，殷勤磨就墨三升。西风飕飕袅荒烟，正是京华秋暮天。今日相逢闻此曲，他时君是李龟年。"黎戬斋《记白石翁》云："时有某巨公称觞演剧，座中皆冠裳显贵，翁被延入座，布衣褴褛，无与接谈者。梅畹华后至，高呼齐先生，执礼甚恭，满座为之惊讶。"翁题画诗云："曾见先朝享太平，布衣蔬食动公卿。而今沦落长安市，幸有梅郎识姓名。"有感而发，一时传为佳话。

熙按：白石自言：梅家种牵牛花百种，花有极大者，巨观也，从此始画此花。后有句云："百本牵牛花碗大，三年无梦到梅家。"

民国十五年（1926）丙寅

白石六十四岁

春初回湘潭，因乡间大乱，未到家便折回北京。《白石诗草》有"余自校阅此集，至卷六，中有'紫云山上夕阳迟'句，感泣一首。"开首两句为："十载思儿日倚门，岂知百里即黄泉。"下有自注云："丙寅还湘潭，值家园大乱，百里星塘，使我与年各九十之父母不能相见，竟成长别。"

是年三月二十日，白石之母周太君卒于湘潭，享年八十二岁。七月初五日，白石之父贳政公卒于湘潭，享年八十八岁。日记云：

> 三月十五日得子贞书，知吾母病重，将难治，并需汇钱济急。余心痛不乐。十六日汇百元。……至廿四日，不见子贞再函，未知母亲愈否，尚有猜疑。来北京十年，十日未作画第一度。心殊不乐。兵匪共"乱"，铁道不通，奈何！
>
> 四月十九日得贞儿家书，知吾母前三月廿三日巳时逝世。即令人打探，火车不能通，兵匪更炽。即刻设灵位。此大痛心事，非能言尽。总之一言，不成人子至极！

　　七月七日得贞儿书，言吾父前六月初间得病，病系寒火症，不数日稍愈，复能进饭。忽又病，无论何食物不进。

　　八月初三日夜，得快捷家书，未开函，知吾父必去，血泪先下。拭泪看家书，吾父七月初五日申时亦逝！……

　　余亲往樊樊山老人处，求为父母各书墓碑一纸，各作像赞一纸，共付润笔金一百二十余元。（《三百石印斋纪事》）

白石自作《齐璜母亲周太君身世》，其文甚朴实恳切，已引见前。此文记太君晚年生活状况云：

　　……年将老，纯芝方成立，以画重于中外，太君心中喜乐，精气自强，渐能下床，不治病能自愈。五十岁后，姑亦逝，第六子纯俊及长女先后夭亡，太君连年哭之丧明，两眶见血，心神恍惚，语言无绪。……年七十，湘潭匪盗如鳞，纯芝有隔宿粮，为匪所不能容，远别父母北上，偷活京华。太君二老年共百六，衰老不能从游。……民国十五年丙寅夏历三月之初，太君病笃，医药无功。是时正值南北大乱，道路隔绝。……延息至廿三日巳时，问曰："纯芝归否？我不能再候。不见纯芝，心虽死犹悬悬。"遂卒。……男六人，女三人，孙十四人，孙女五人，曾孙七人，曾孙女三人。

民国十六年（1927）丁卯

白石六十五岁

在北京。

熙按：我的《G. R·日记》：六月十日，"下午，齐白石翁来，和他谈艺术教学法"。是时林风眠长北平艺专，请他教中国画。八月廿三日"下午五时，到齐白石家"。（原注：跨车胡同十五号。）这就是他现在的住址了。

民国十七年（1928）戊辰

白石六十六岁

在北京，此后改名北平。

是年九月初一日，胡姬生第二女，名良欢。（乳名大小乖。三十五年十二月十九日病死，年十九。）

是年秋，白石的长子良元来北平看他，为述家乡乱事。《白石诗草》卷七有诗题云："戊辰秋，贞儿来京省余，述故乡事，即作画幅一，题句以记之。"诗云："惊闻故乡惨，客里倍伤神。对影歪兼倒，人踪灭复存。西风添落叶，暮雾失前村。远道怜儿辈，还来慰老亲。"

民国十八年（1929）己巳

白石六十七岁

在北京。

上年白石第五弟死于匪乱。明年，他的第二弟死在家乡。

民国二十年（1931）辛未

白石六十九岁

在北平。

正月二十六日，樊樊山卒于北平，年八十六。

三月十一日，胡姬生第三女，名良止。（乳名小小乖）

九月十八日，日本军阀在沈阳发动大侵略行动，是为第二次世界大战的开始。阴历九月九日，重阳节，白石"与黎松庵登高于宣武门城上"有诗纪其事，诗下自注云："其时东北失守，张学良主义无抵抗。"

是年，曾孙耕夫（良元次子次生之长子）生。

民国二十一年（1932）壬申

白石七十岁

在北平。

是年冬，曾一度迁居东交民巷，《白石诗草》卷八有绝句两首记其事。

民国二十二年（1933）癸酉

白石七十一岁

在北平。

日记云："十二月廿三日乃吾祖母一百二十岁诞期，是夜焚冥镪，另书纸笺焚之，言曰：祖母齐母马太君，今一百二十岁，冥中受用，外神不得强得。今长孙年七十一矣，避匪难，居燕京，有家不能归，将至死不能扫祖母之墓，伤心哉！"

是年印行《白石诗草》八卷，有自叙，题"癸酉买镫日，时居旧京西城鬼门关外"。自叙云："将丁巳前后之诗，付之锓木。"

《诗草》有老友王训长跋，作于前一年壬申之冬。

熙按：这部诗草原是樊樊山选定的，所选太少，我给他多收了一些。见他的《自叙》中。

有《癸酉秋自记印草》，文云：

予戊辰年（民国十七年）出印书后，所刻之印为外人购去，印拓二百。此二百印，自无著书权矣。庚午、辛未（民国十九至二十）二年所刻印，每印仅拓存六分，成书六册，计十本，每本计□十□印。壬申、癸酉、（民国二十一至二十二）二年，世变至极，旧京侨民皆南窜。予虽不移，窃恐市乱，有剥啄扣吾门者，不识其声，闭门拒之。故刻石甚少，只成书四本，计十册，每本□印。

以上皆七十衰翁以朱砂泥亲手拓存。四年精力，人生几何！饿殍长安，不易斗米。如能带去，各检一册，置之手侧，胜人入陵，珠宝满棺。是吾子孙，毋背期嘱。癸酉秋八月齐璜白石山翁自记，时居城西鬼门关外。

熙按：跨车胡同亦可称"鬼门关外"。

是年三月，日本军阀侵占热河，战事到了长城。五月以后，在《塘沽协定》之下，北平、天津都成了前线。白石有戒心，是年春夏，他曾一度迁居东交民巷，借居门人纪友梅楼房，见《挽纪友梅联》自注。《白石诗草自叙》误记为"庚午国难"。

民国二十三年（1934）甲戌

白石七十二岁
在北平。

是年四月二十一日，胡姬生第三子，名良年。（行六，字寿翁，号小翁子。二十七年十二月二十三日殇，年五岁。）

民国二十四年（1935）乙亥

白石七十三岁

回湘潭一次。《自状略》云："乙亥夏初，携姬人南还，扫先人墓。乌乌私情，未供一饱。哀哀父母，欲养不存。自刻'悔乌堂'印。"

有日记云：

阳历四月一日起行，携宝珠、柏云同归。三日半到家。年十八九之女孙及女生（甥）不相识。离家十余年，屋宇未损败，并有增加。果木如故，山林益丛。子贞、子如兄弟父子叔侄可谓好子孙也。只有春姊（即陈夫人，名春君）瘦得可怜。余三日即别，别时不忍相见。并有二三好友在家坐待相送，余亦不使知，出门矣。十四日还北平。

——《三百石印斋纪事》

又日记云：

余今年衰败迭出，既痛右臂，又痛右腿。最可怕者头晕。

（同上）

《祭陈夫人文》云：

　　吾年七十五时，一日犬吠聒耳，吾怒逐之，行走大意，脚触铁栅栏之斜撑，身倒于地……竟成残疾。着衣纳履，宝珠能尽殷勤。得此侍奉之恩，乃吾妻之恩所赐。

民国二十五年（1936）丙子

白石七十四岁

游四川。是年阳历四月二十七日离北平，二十九日夜从汉口搭汽船往四川。五月七日到重庆。十六日到成都。八月出川，三十一日到汉口。九月五日回到北平。

有《过巫峡》诗：

> 怒涛相击作春雷，江雾连天扫不开。
> 欲乞赤乌收拾尽，老夫原为看山来。

有《客成都留别余生》诗：

> 不生羽翼与身仇，相见时难别更愁。
> 蜀道九千年八十，知君不劝再来游。

以上均据《游四川日记》残页。后六年，辛巳（民国三十年，1931）十月，白石自题日记后云：

> 翻阅此日记簿，始愧虚走四川一回，无诗无画。……后人知翁者，翁必有不乐事，兴趣毫无，以至此。九九翁。

《白石自状略》云：

　　丙子春，蜀人来函，聘请游青城、峨眉。入川，见山水胜于桂林。惜东坡未见也。居重庆两越月，居成都越半年。（此两句以日记考之，似有错误）识方鹤叟（旭），晤诸门人。返京华，识张芍圃。

民国二十六年（1937）丁丑

白石七十五岁，自改为七十七岁

在北京。

长沙舒贻上（之鎏）曾为白石算命，说："是年脱丙运交辰运，美中不足。"（就生辰八字推算流年一册，说："辰运：丁丑年三月十二日交，壬午三月十二日脱。丁丑年下半年即算辰运，辰与八字中之戌相冲，冲开富贵宝藏，小康自有可期。惟丑、辰、戌相刑，笑中不足。"）白石在命册上批记云："十二日戌时交运大吉。……宜用'瞒天过海法'：今年七十五，可口称七十七，作为逃过七十五关矣。"（批记又云："交运时，可先念佛三遍，然后默念'辰与酉合'若干遍。且在立夏以前，随时均宜念之也。……〔十二日戌时〕属龙、属狗之小孩宜暂避，属牛、羊者亦不可近。本人可佩一金器，如金戒指之类。"）

是年七月七日，日本军人在北平宛平县的卢沟桥发动全面战事。七月二十八日，北平、天津都沦陷了。

《白石自状略》云："丁丑以前，为艺术学院教授数年，艺术专科学校教授数年。"

（适按：白石记此条之意，似是表示在北平沦陷以后，他就没有在学校任教授了。参看民国三十三年谱。）

是年二月二十七日（阴历正月十七日），胡姬生一女，名良尾，不育。

民国二十七年（1938）戊寅

白石七十八岁（实年七十六岁，以下照推）

在北平。

是年胡姬生第四子，名良末（行七）。日记云："阴历五月廿六日（即国历六月廿三日）寅时，——钟表乃三点廿一分也，——生一子，名良末，字纪中，号耋根。（命册注云：牛者，丑也，纪丁丑年怀胎也。八十为耋，吾年八十，尚留此根苗也。）此子之八个字——戊寅、戊午、丙戌、庚寅——为炎上格。若生于前清时，宰相命也。"

是年十二月十四日，孙秉声生（良迟子，行十，字隐闻。）

《三百石印斋纪事》（是一本不连续的日记）起于癸亥（民国十二年，1923），终于此年。

宣统三年，王湘绮曾命白石为长沙瞿氏作《超览楼禊集图》，当时他没有画。今年瞿氏后人请他补作此图。

民国二十九年（1940）庚辰

白石八十岁

在北平。

二月初得家书，知陈夫人于正月十四日死在湘潭。有《祭陈夫人文》。《白石自状略》一卷，作于此年。此卷有三个稿本，文字稍有异同，纪年也有改动处。其最后改本有结语云：

> 平生著作无多。自书《借山吟馆诗》一册，《白石诗草》八卷，《借山吟馆图》四十二图（陈师曾借观，失少十图），画册三集。尚有诗约八卷，未钞正。挽词及题跋、记事语、书札，已集八卷，末钞正。画册可印照稿，可印百集。在此地流连二十有三载，可惭者，雕虫小技，感天下之知名。且喜三千弟子，复叹故旧亦如晨星。忽忽年八十矣，有家不能归。派下男子六人，女子六人，男媳五人，曾孙男女合共四十余人，不相识者居多数！璜小时性顽，王母欲骂欲笑曰："算命先生谓汝必别离故乡。今果然矣。"多男多寿，独福薄，惭然。

民国三十一年（1942）壬午

白石八十二岁

在北平。

白石久居沦陷的北平，心情意境往往用诗与画寄托。这时期，他有《画不卖与官家窃恐不祥告白》一则说：

> 中外官长要买白石之画者，用代表人可矣，不必亲驾到门。从来官不入民家。官入民家，主人不利。谨此告知，恕不接见。

熙按：下署"庚辰正月，八十老人白石拜白"，是上年写的，大字直幅，现以赐其门役收藏，其门役是清宫一个老太监。

他有《重到陶然亭望西山》词，其下半阕云：

城郭未非鹤语，菰蒲无际烟浮。

西山犹在不须愁，自有太平时候。

又有《跋苦禅画食鱼鸟》云：

此食鱼鸟也，不食五谷，鸬鹚之类。有时河涸江干，或有饿
死者，渔人以肉饲其饿者，饿者不食。故旧有谚云：鸬鹚不食鸬
鹚肉。

民国三十二年（1943）癸未

白石八十三岁

在北平。

有《遇邱生、石冥画会》短文：

画家不要〔以〕能诵古人姓名多为学识，不要〔以〕善道今
人短处多为己长。总而言之，要我行我道，下笔要我有我法。虽
不得人欢誉，亦可得人诽骂，自不凡庸。借山之门客邱生之为人
与画，皆合予论，因书与之。

又有《自跋印章》云：

予之刻印，少时即刻意古人篆法，然后即追求刻字之解义，
不为"摹、作、削"三字所害，虚掷精神。人誉之，一笑。人骂
之，一笑。

是年十二月十二日，继室胡姬病殁，年四十二。白石在《齐氏五修族谱》批注云："胡氏宝珠，侍余不倦，余甚感之。于民国三十年五月四日，余在京华凭戚友二十九人，立陈、胡所生之子各三人之分关产业字。并诸客劝余将宝珠立为继室，二十九人皆书名盖印，见分关字便知。日后齐氏续谱，照称继室。"

民国三十三年（1944）甲申

白石八十四岁

在北平。

有《答北京艺术专科学校函》云：

> 顷接艺术专科学校通知条，言配给门头沟煤事。白石非贵校之教职员，贵校之通知误矣。先生可查明作罢论为是。（卅三年六月七日）

又有《题画蟹》云：

> 处处草泥乡，行到何方好！
> 去岁见君多，今年见君少。

白石老人虽闭门不出，但他已知道敌人已到日暮途穷的境界了。

是年九月，夏文珠女士来任看护。

民国三十四年（1945）乙酉

白石八十五岁

在北平。

重见六十岁时（民国九年，1920）所作画册，题一绝句，其原稿为：

> 前身非雪个，何以怪相侔？
> 此老无肝胆，一掷舍千秋！

改稿为：

> 冷逸如雪个，游燕不值钱。
> 此翁无肝胆，轻弃一千年！

记此两首，以见白石改诗的功夫。（参看民国九年谱）

白石日记中记梦颇多，今抄他最后一次记梦的日记：

> 三十四年阳历三月十一日，阴历正月二十七日，予天明复睡，梦立于余霞峰借山馆之晒坪边，见对门小路上有抬殡欲向借山馆后走之意。殡后抬一未上盖之空棺，竟走殡之前，向我家走去。余梦中思之，此我之棺，行何太急？予必难活长久。忧之而醒。

是年秋，敌人投降。十月十日，北平受降。白石有《侯且斋、董秋崖、余倜视余，即留饮》诗云：

柴门常闭院生苔，多谢诸君慰此怀。

高士虑危曾骂贼（此三字原稿作"缘学佛"，后改"常抱佛"），将官识字未为非。

受降旗上日无色，贺劳樽前鼓似雷。

莫道长年亦多难，太平看到眼中来。

民国三十五年（1946）丙戌

白石八十六岁

十月，乘航机到南京、上海一游。他在南京时，中华全国美术会举行白石作品展览。他在上海时，上海艺术界也举行白石作品展览。

民国三十七年（1948）戊子

白石八十八岁

在北平。

近年常过从之弟子，娄绍怀、陈纫兰、李苦禅、李可俨、王雪涛、卢光照、刘冰庵、王庆雯、余钟英、罗祥止、姚石倩、姜文锦等。

跋

　　对于艺术部门当中的绘画和印章之学，我全然不懂。然而对于一个由木工出身、一跃而为近代艺术界的巨擘，在绘画和治印方面又都别开生面，有其特殊造诣的白石老人，他的艰苦的出身，和他由学习历练以至巍然自成一家的种种经过，我却是一向就感着极大的兴趣，而且怀着极高的敬意的。又因为我在近十年内连续写成了几本古代人的传记，对于传记文学我也有极浓厚的兴致，很想进而就近代或现代的重要人物当中，选定几人作为我作传记的对象，例如胡适之先生和白石老人便全是我的目标人物之一。

　　三十五年夏，适之先生由美国返国，我也从四川复员来平，不久我便听说适之先生有试作齐白石先生年谱的计划，又听说白石老人亲自把手边积存的传记材料送交适之先生参考。三十六年的夏天，适之先生利用了那些材料，编成一本简单的年谱，题作《齐白石自述编年》。三十七年六月，适之先生将稿本送交黎劭西先生，请他再作一番订补充实的工作。黎先生补充完了之后，适之先生又把稿本交与我看，希望我对这本传记能提供一点意见或材料。我翻读适之先生的序文，在其所列白石老人交来的资料当中，只见有《白石诗草自叙》，不见有《白石诗草》之名，后经询问，才知道因为白石老人手边已无此书，而且也没有记起印过这本书，所以在送资料给适之先生时把这书漏掉了。

在《白石诗草》当中，凡可以作传记材料的，我都已摘出补入这本年谱中了。此外应做的工作，便是向白石朋辈的著作中去搜辑一些有关白石生平的资料了。于是我借来了王闿运的《湘绮楼日记》和《湘绮楼全集》，姚华的《弗堂类稿》，罗正钧的《劬庵文稿》，瞿鸿机的《诗选遗墨》，易顺鼎的《琴志楼丛书》，陈师曾、罗瘿公和八指头陀等人的遗诗。我遍加翻阅，结果却只有在《湘绮楼日记》中检获了有关于白石老人的三数事，在其余若干种内，偶尔有涉及白石之处，也只是一两首题画诗之类，与白石的生平无关，所以一概没有采用。此外，我所想到的还有樊樊山的诗文。自从光绪三十年樊山、白石识面以后，两人便极相投契，因而在这年之后的樊山的诗文中，必有不少与白石相关涉的。可惜现今有印本流传的全是樊山中年以前的作品，他的晚期作品全未辑印，所以，我虽多方访求，终竟毫无所得。

白石老人的朋友和门生，现时住在北平的也还不少，如陈半丁、徐悲鸿、王雪涛诸人，也应当去向他们采访一些白石的事迹，无奈现时的北平，出门访人也大非易事，这事只有期待于将来了。

有关于白石老人的个性和好尚等的材料，在《白石诗草》中也还可以钩稽一些出来，唯因无法划定其年代和时限，所以不能编入年谱的正文之中，今一并抄录于后，就作为本文和本书的一个结尾吧。

余十年以来，喜观宋人诗，爱其轻朗闲淡，性所近也。然作诗不多，断句残联，约三百余句。丙辰秋为人窃去，因悼之以诗。(卷一《悼诗》自序)

余生平多病，皆由感受东风之故。每值百草萌动时，头颅作痛。今浅草竞萌，余病益苦。休问旧时宾客，先此聊告诸君。（卷一《东风寄京师诸友》诗自序）

绝后空前释阿长，一生得力隐清湘。胸中山水奇天下，删去临摹手一双。（卷二《题大涤子画》）

余性嗜蔬笋，席上有蔬菜，其味有所喜者，虽鸡鱼不下箸矣。（卷三《饱菜》诗自题）

下笔谁教泣鬼神，二十余载只斯僧。焚香愿下师生拜，昨夜挥毫梦见君。（卷三《题大涤子画像诗》）

青鬓乌丝未唤翁，年年佳日喜秋风。自注：余不乐过春日。（卷四《看菊，怀沁园师故宅》）

吾画不为宗派拘束，无心沽名，自娱而已。人欲骂之，我未听也。（卷四诗题）

长恨清湘不见余，是仙足怪是神狐。有时亦作皮毛客，无奈同侪不肯呼。（卷四《释瑞光临大涤子山水画求题》）

山外楼台云外峰，匠家千古此雷同。卅年删尽雷同法，赢得同侪骂此翁。（卷五《画山水题句》）

余平生工致画未足畅机，不愿再为，作诗以告知老：从今不作簪花笑，跨誉秋来过耳风。一点不教心痛快，九泉羞煞老萍翁。（卷六）

题某生印存：（自注：古今人于刻石只能蚀削，无知刻者。余故题此印存，以告世之来者。）做摹蚀削可愁人，与世相违我辈能。快剑断蛟成死物，昆刀截玉露泥痕。（自注：世间事贵痛快，何况篆刻风雅事也。）维阳伪造与人殊，鼓鼎盘壶印玺俱。笑杀冶工三万辈，汉秦以下士人愚。（自注：维阳铸工笑中外收

藏秦汉铸印者太愚。）（卷七）

皮毛袭取即工夫，习气文人未易除。不用人间偷窃法，大江南北只今无。（卷七《梦大涤子》）

天津美术馆来函征诗文，略以古今可师不可师者以示来者：轻描淡写倚门儿，工匠天然胜画师。昔者尚存吾欲杀，是谁曾画武梁祠。（自注：武梁祠画像古拙绝伦，后人愈出愈纤巧。）迈古超时具别肠，诗书兼擅妙诸王。遁亡乱世成三绝，千古无惭一阿长。青藤、雪个远凡胎，老缶衰年别有才。我欲九原为走狗，三家门下转轮来。（自注：郑板桥有印文曰："徐青藤门下走狗郑燮。"）（卷八）

自嘲：（自注：吴缶庐尝与吾之友人语曰："小技人拾之则易，创造者则难。欲自立成家，至少苦辛半世，拾者至多半年可得皮毛也。"）造物经营太辛苦，被人拾去不须论。一笑长安能事辈，不为私淑即门生。（自注：旧京篆刻得时名者，非吾门生即吾私淑，不学吾者不成技。）（卷八）

答徐悲鸿并题画寄江南：少年为写山水照，自娱岂欲世人称。我法何辞万口骂，江南倾胆独徐君。谓我心手出异怪，鬼神使之非人能。最怜一口反万众，使我衰颜满汗淋。

雕虫岂易世都知，百载公论自有期。我到九原无愧色，诗名未播画名低。（卷八）

广铭

民国三十八年一月十二日

写于北平东厂胡同一号